골목 끝 집

읽고 싶은 시 _ 02

골목 끝 집

이 노 나

인문MnB

시인의 말

또 이렇게 시집을 내놓습니다.
흩어진 시들을 묶다 보니
많은 모퉁이들과 그림자들이 있었습니다.
아직 도착하지 않은 것들은 그 이유가 있겠지요?

저를 위해 기도해 주시는 모든 분들 덕분에
하루와 하루를 이어 내일을 생각합니다.
내일을 빌려다 오늘로 삼는 저는
모레를 빌려서 내일을 꿈꾸고자 합니다.

그래서 *매일 즐거운 나날들*입니다.

본문에도 기울여 쓴 것들이 있고
큰따옴표로 묶은 것도 있습니다.
그것은 제 글이 아닙니다.
어쩌면 저는 누군가로부터 빌려온 것일 수도 있겠습니다.

어제 저와 함께해 주신 모든 분들에게 감사드립니다.
같이 만들었던 시간들을 절대 잊지 않습니다.
부디 건강하시고 평안하시기 바랍니다.

2021년 가을
이노나

| 차례 |

이노나의 시세계

골목 끝 집

발푸르기스의 밤

　뛰어라 바람을 끌며 침묵이 온다 공포와 절망의 방울을 울리며 도달하지 못할 저 끝에서부터 구분할 수 없는 것들을 밀며 온다 뛰어라 브로켄산보다 높이 쌓여진 모닥불 밑으로 가축들이 멀리까지 풀을 뜯고 젊은이들이 황금빛 나뭇잎과 가지를 모아 울타리를 장식하는 밤에 닿을 때까지 우리는 어디에서 조용히 숨을 쉴 수 있을까 누더기와 짚으로 만든 겨울이 끝나지 않았으니 창백한 숲도 시작되지 않았다 뛰어라 온갖 더러움을 끌며 어둠이 온다 어두침침한 그림자와 지팡이와 끝도 없이 쌓이는 발자국과 수수께끼는 같은 날에 태어났으니 우산을 든 사내를 보았다면 오로지 포함되지 말아야 할 것이다 기호와 물질은 봄이 겨울을 이기기 직전의 함정 고약한 구린내가 서로 부딪치며 불꽃을 튀기는 사이 비약은 서두른다 뛰어라 발푸르기스의 밤이 지나면 새로운 절망의 태양이 뜰 것이다 그래도 그쪽으로

동물의 왕국

누군가 또 공포를 흘리며 걸어갑니다 연민은 아주 위험합니다 목숨은 바람으로 갈음하기 때문입니다 이제 이 끝없는 평원에도 해와 달이 동시에 뜨는 계절이 되었습니다 그늘은 어디에도 생기지 않습니다 숨길 수 없게 된 신념들에게 유일한 무기는 날카로운 손톱입니다 원래는 꽃입니다 목덜미에 꽂기 위해 꼿꼿하게 유지해야 합니다만 어떤 무리는 굳이 두드려 폅니다 도구는 상관없습니다 아주 은밀하고 강인하게 진행됩니다 손가락 끝에 작은 차양이 만들어집니다 비극입니다 많은 의지를 남기지만 정작 쓸모없는 구조입니다 간신히 살아남는 방법이 아예 없는 것은 아닙니다 조악한 밝음에 열광하는 동물성 가면극이 있습니다 대부분 가벼운 질문입니다 물을 만나면 바람을 등지고 서야 합니다 비밀은 모래 속에 고개를 처박습니다 코앞에 떨어진 미끼를 눈치 채지 못합니다 동정은 은밀한 법이 없습니다 비로소 불결했던 마음이 순수해집니다

골목 끝 집

　골목 끝 집에 유쾌한 소녀가 살았어요 어느 날 저녁 친구들과 놀던 소녀는 집으로 돌아가야 할 시간이란 것을 알았답니다 친구들이 사라지고 있었거든요 소녀의 집은 친구들의 그림자 방향이어서 늘 쓸쓸한 마음이었는데 그날의 소녀는 자꾸 신났어요 해는 벌써 지려고 했지만 동네 오빠들이 재밌는 놀이를 하자고 했거든요 그러나

　철길 풀섶에서 하는 놀이는 너무 아프고 무서웠어요 소녀는 도망쳤어요 어딘지도 모를 곳을 향해 뛰느라 골목이 끝나지 않았어요 창문 없는 골목 벽을 따라 성큼성큼 따르는 오빠들의 발소리는 밤보다 짙었어요 골목 끝 집에는 아버지와 어머니와 오빠와 언니가 살았지만 아무도 피투성이 소녀를 알아채지 않았어요 다행이에요 그래서

　계속 아무도 모르게 혼자 있기로 했어요 소녀는 자신의 키에 맞도록 천장에 나뭇조각을 덧대었어요 어머니와 아버지와 오빠와 언니를 위한 모서리를 만들었구요 거실 한가운데 작은 모닥불을 피웠어요 자신의 심장을 꺼내 작은 놏도 만들었지요 그런데 해와 달과 별이 아무렇지 않게 창문으로 들어

12

왔고 바람이 자꾸 문을 흔들었어요 소녀는 단지 혼자 있고 싶을 뿐이었어요 머리카락으로 촘촘한 커튼을 만들었어요 그러는 동안

　시간이 천장을 자꾸 낮췄어요 소녀는 골목 끝 집이 정말 좋았어요 그러나 소녀는 아직 어린 채였으므로 낮아진 천장에 맞게 자신의 머리를 잘라야 하는지 발목을 잘라야 하는지 알 수 없었답니다 그때 마침 무엇인가가 말했어요 나 같으면 발목을 자르겠어 그렇게

　모든 것이 완벽해졌어요 골목 끝에 집이 있었어요 드나드는 사람은 없었어요 간혹 새가 날아들었다가 서둘러 나왔고 길고양이 몇몇이 들어갔다가 나오지 않았어요 그렇게 골목 입구에 세워진 길없음 표지가 낡아지는 동안 소녀는 오래오래 행복했답니다

매일매일 깨끗한

옥상 위에서 한 남자를 보아요
아무것도 하지 않아요 그냥
서 있어요
그 너머를 보는 것도 같지만
낮이에요
한없이 투명한 그냥 그것뿐 어쩌면 전혀
다른 것이 섞이지 않아 어디에도 앉을 수 없는
정교한 흩날림일지도 몰라요 야금야금
추락은 엉거주춤 발밑에서만 뭉개지죠
간혹 다정한 바람이 손바닥을 간질이기도 하지만
그건 아주 위험해 보여요 두껍고 푹신한 기회는
오늘 아침 정성스럽게 개던 이불처럼
단정하지 않아요 아무리 늘려도
하늘이 너무 높아 자꾸 구부러지는 목을 알아요
안간힘을 쓸수록 자신의 턱이 심장을 치던 턱 턱
갈라지는 틈으로 새는 물거품을 알아요 그래서
그랬어요 옥상 위에서 보았어요

아무것도 하지 않았고 끝내 문을 여는
그림자를 보았어요 옥상 위에서 아무것도 하지 않는
빛 속으로 걸어 들어가는 그림자를 보았어요

아무것도 변하지 않았어요

생의 약동

아침에는 메모를 찢네

우아한 밤이었어 별들은 달콤하게 흩어지고 바람은 이리 저리 비틀거려 모든 질문이 뒤섞이던 밤이었지 한 번도 깨지 않는 행복한 꿈을 꾼 것도 같았어 스스로 뒤집어쓴 어둠에 골목을 한 줄씩 늘어놓으며 '이미 태어나 버려서 다시 돌아 갈 수 없는 운명' 이마에 새기다가 우리는 마주치는 시간들 을 볼 수밖에 없는 모퉁이에 서고 말았지 아주 잠깐 그리고 아무 일 없는 서로의 어깨에 기대 되돌릴 수 없는 것에 대해 얘기했어 김빠진 콜라를 마신 후의 짜릿함이라든가 이미 베 어 물어 버린 프라이드치킨이라든가 처음부터 존재하지 않 았던 바다라든가 벚꽃잎에 매어 둔 낡은 마음이라든가 내린 적 없는 첫눈이라든가 그러다가 산다는 건 놀라울 정도로 잔 인하고 역겨운 일이야 담백한 거짓말을 하며 웃었어 웃었어 우우웃었어

너의 눈매만 또렷이 떠오르던 지난밤은 이제 없네

사랑하지 않아

누구도 신경 쓰지 않아 어디에도 속하지 않는 무릎들은 해지기를 기다리지 *인생의단맛*에서 우리는 *한없이더러움에가까운블루*나 *애인의애인*을 나누다가 *진토닉보다맛있는플라토닉* 따위는 서둘러 그만둬 그러면 우리 이제 제발 사랑하지 말자 맹세를 기록할 때야 여기가 바로 밀리웨이스, 나는 우스꽝스러운 앞구르기를 세 번 정도 하고 후두둑 퍼붓는 달빛에게 더러운 수건을 건네며 그렇게 살면 좋냐 그 모습이 슬퍼서 발랄한 목소리로 애원하겠지 사과가 죽이고 싶도록 미웠어요 어쩌면 우리의 이해할 수 없는 모든 시간들이 부끄러워 나는 도려냈던 가슴을 다시 찾아 붙일지도 몰라 그렇게 아무도 사랑하지 않는 밤이 발판에서 툭툭 떨어지고, 나를 두고 집으로 돌아가는 모든 초콜릿들에게 자유를 그러니 다음에 또 봐요 안녕 문장완성형으로 건네는 인사 다행스럽게도 싹 기억하지 못해 아름다운 이유는 *베이비아임쏘리* 너는 나를 사랑하지 않아

의도된 토끼—

복합적으로 넘어질 때입니다 매뉴얼에 따르면 착오 없이 토끼는 의도입니다(불멸의 십장생 토끼답게 되도록 안타깝게 놓치는 방법을 설명하면서 재빨리 조퇴 부록을 덧붙인다)

저는 아직 준비가 되지 않았어요 아랫입술 흉터가 아직 따가운 걸요 가짜 앞니를 사용할 수 없어요

(그때 토끼는 개 같은 얼굴로 자신의 ㅅ을 가리며) 아이들이 서둘러 겨울이 되려고 합니다(정중한 인사를 하고는 토끼는 중이다)

하아 빌어먹을 토끼는— 하루에도 여러 번의 의도를 낳았고 왕성하게 번식했다 있어도 어쩔 수 없고 없어도 어쩔 수 없지만 있다고 해도 어쩔 수 없고 없다고 해도 어쩔 수 없는 어떻게든 나와는 상관없는 그렇게 해도 된다고 해서 그런가 하다가 그러고 싶지 않은 것도 같았는데 나는 어딘가의 삼거리였다 강정 같은 보도블록을 깨지지 않게 밟으며 같은 속도

로 걷던 신발을 먼저 보내기 위해 걸음을 멈췄다 신호등은
무연한 색이었다

오래 걸어 아픈 것은

오래 걸어 발뒤꿈치가 아팠다
덜커덕 소리를 내며 따라오는 것이 있었다
봄인가 했는데 여름이기도 했고 겨울이었다
어떤 계절인지 알려주는 사람이 없어서
코트를 입고 반바지에 샌들을 신었다
적당했다
골목을 따라 주인을 잃은 시간들이 이리저리 몰려다녔고
미로처럼 비가 쏟아졌고
흩어지는 것은 아름다움을 가장한 침묵이었다
더얼커어더억 소오리르르 내며 따라오는 것이 있었다
오래 쓰지 않아 두꺼워진 혀는 모호하게 페이지를 펼쳤다
미끄러지는 것과 기다리는 것과 지워지는 것과 반짝이는
것과 괜찮은 것과 무시하는 것과 추락하는 것과 목격하는 것
들은
일제히 같은 방향을 가리키는 괄호였다
연인들은 서로의 거울에 비친 자신의 얼굴을
오래오래 들여다보다가 모르는 사이 꽃으로 피었다

어느 계절이어도 무성해지는 것들이 있어 다정했다
반짝이는 것들은 눈을 감아도 흔적을 남겼다
오래 걸어 아픈 것은 시간들이었다

모두의 계절

너무 쉽게 어두워지는 난간에서 우리는
되도록 무난하기로 했다
겨울이었다
어디에도 문은 없었다
내가 너의 손가락 끝을 비볐을 때
너의 끝에 꽃이 피었다
아주 붉고 뜨거운 발랄함이어서 나는
너의 손가락이 없어지고 있는지 몰랐다
누구에게도 무의미한 행복이
부풀어 올랐다 어둠은
지치지도 않고 두꺼워졌다 그래서
너는 그만두자고 말하려는 것 같았다
신경 쓰지 말아요
모든 게 다 잘 될 거에요
아무것도 우러나지 않는 말을 하면서
기분이 조금 나아졌다
몸은 중력보다 빠르게 휘감고 달아났다

상징은 영원히 움직일 수 없게 되었다
모두의 즐거운 겨울이었다

다른 기억

    당신은 행복했다 당신이 어디에서 시작되었는지 아무도 몰라서 모든 것이 반짝였다 마주치는 바람 한 조각조차 예전 당신이 알던 것이 아니었다 바람 끝에 묻은 향기는 예전에 당신이 맡아 본 적이 없는 것이었다 당신은 당신의 뒷골목 젖은 신문 끝자락 광고에서 보았던 보라색 향수병에서 이런 향기가 나지 않을까 상상했다 당신은 좋은 사람이 되고 싶었다 연습해 둔 미소를 까먹지 않았다 그래서 이제는 웃는다고, 운다고, 기분 나쁘다고, 더럽다고 맞지 않아도 되었다 날파리처럼 꼬이는 운명이라든가 의미 없이 들락거리는 불행이라든가 그러한 것들을 모조리 이용해 먹으려는 체념이라는 안부를 견디지 않아도 되었는데 조금씩 불안했다 아무리 기다려도 내일이 되지 않는 날이었다 심심함이라는 단어를 이해하지 못했던 당신은 초조했다 유리창에 성에가 두꺼워졌다 당신은 닦을 수 없었다 당신의 방에 거칠고 차가운 바람이 불어 유리창 너머에 생긴 성에였으므로, 설명할 수 없는 짧은 멈춤과 완벽한 도약 뒤에 반드시 찾아오고야 마는 추락을 당신은 이미 전해들은 뒤였으므로, 당신의 몸이 아직 바닥에 닿지 않았음을 알고 있었으므로, 그럼에도 당신은 행복했다고 말하고 싶었다 간절한 시간은 당신을 살짝 비켜갔다

메리고라운드merry-go-round

뒤를 훔쳐볼 때 너를 덮치는 것은 네 그림자이리니

눈을 감았다 누군가 하는 얘기는 없는 사람의 것이었다

잘못 읽고 마음대로 해석하는 날들과 의도적으로 우는 날
이 지겹도록 반복되었다

울면서 왜 우는지 이유가 기억나지 않아 제멋대로 우는 내
가 싫어서 또 울었다

어디에도 숨을 곳은 없었다 결국 드러나게 되어 있으므로

감당은 너의 제일 약한 곳에서부터 시작되리니

어떤 충고는 너무 가벼워 자꾸 날아갔고 어떤 위로는 너무
무거워 자꾸 무너졌다

시간은 쓸모없었다

어제는 오늘로 지워지고 내일은 오늘이 지우리니

희망은 그저 희망일 뿐 나는 계속 어제였고 밀어냈던 것들
이 다시 돌아왔다

해를 등지고 나를 안는다 없었던 너는 내 그림자 모양으로
서 있었다

끔찍하게도

십 분 전

바닥에 누워 생각했어요
하늘은 저렇게 깊고 아름다운 검정이었구나
어쩌면 검정이 아닐지도 모르지만
검정이라 생각하기로 했어요
비슷한 것은 비슷한 것끼리 가끔 내가
거짓말을 하고 있을 때면 거짓말인지 모르죠
다시 돌아갈 수 있을 것 같아요 같은 너는
얼마나 많은 기다림을 가졌을까요
아무것도 보여주지 않는 시간들을 위해
어떤 변명도 하지 않기로 해요 더 이상
정답은 알 수 없으니까요 그냥 그냥
우연히 그렇게 되었다고 말해도 될까요
바람은 늘 늦으니 애쓰지 말아요
어차피 아무도 신경 쓰지 않죠
조금은 창피한 마음으로
홀가분해지는 심장을 가늠해요
등 쪽으로 젖혀진 발가락이 시려요

이럴 줄 알았으면 양말이라도 신을 걸
대신에 좀 더 버텨 볼 걸
열린 발코니 창문 앞에 서 있는 내게 말해요
여기는 너무 아프고 추워

너의 얼굴에서 가만히 손을 떼면

달은 느릿느릿 부풀어 올랐다 골목 바닥이 가끔 반짝거렸
다 숲은 어둡지 않았다 더욱 짙은 네가 있었다 너의 얼굴에
가만히 손을 대고 있으면 내가 거기 있음을 알았다 오늘도
너는 내 손에 닿아 작은 매듭을 만들었다 대부분 나의 경향
이었지만 어떤 것은 너의 좌절된 시간이거나 협소한 탁자 위
에 놓인 커피 잔처럼 위태로운 충만이었다 오래된 매듭들은
저절로 풀리기도 했다 너는 보지 않았다 이유를 나는 묻지
않았다 불을 켜지 않아도 매듭을 지을 수 있는 밤이면 우리
의 시간은 조금씩 쌓여 무뎌졌다 접혔던 부분은 닳아 거칠어
졌고 비가 오지 않아 비를 맞지 않았다 일어났지만 떠나지
않았고 글자를 뒤집어쓰고도 알아채지 못했다 몇 발자국 저
문은 우리의 것이 아니었다 어느 방향으로든 엉키는 것들이
있어 여러 번 접었다 풀었던 흔적 위로 작은 강물이 흘렀다
너의 얼굴에서 가만히 손을 떼면 비로소 내가 거기 없음을
알았다 달이 거뭇해졌다

스노우글로브snowglobe

  사람을 잊게 하는 곳을 알아요 시름이 모이는 곳이죠 모자를 써요 태연히 눈이 내리면 그림자 없이 길고 긴 생애의 자국이 남아요 달이 없는 쪽 슬프지 않은 밤

  내 귀를 뜯으며 너는 속삭여요 눈동자에 피어난 꽃은 거대한 의지 같아 결국 너를 잡아먹는 네펜데스 방은 어두웠으므로 아무도 찾지 않는 사람 없는 방의 더욱 어두워진 천장을 바라보며 나는 네가 잘라낸 내 오른쪽 귓구멍으로부터 공포를 꺼내요 모든 게 잘 될 거야 잊을 시간 어디론가 흩어지는 밤

  정말 이상한 곳이야 혼잣말처럼 떠도는 눈 멈추지 않는 눈 들 틈은 없어요 내다볼 창밖이 없는 밤 여기는 가짜

스위치

문을 열면 복도 가득 무엇인가 썩는 냄새가 났다

당신은 어디서 울고 있나요 당신이 죽인 아버지가 돌아오고 있어요 과거는 운명을 결정하고 도망쳤죠 그때 동굴 속에 웅크렸던 우물은 겨울 뒤로 겨울과 겨울을 데리고 왔지만 이제 완전히 새로운 겨울이 되었어요 뿌리는 손톱을 자르며 태양 아래 성큼성큼 걸어와요 당신이 기다렸던 바퀴의 심장은 처음부터 없었으니 안심하고 숨을 쉬어요 당장 우리의 손목을 묶으며 다가오는 실마리들에게 잠시 부드러운 마음을 주어요 어둠은 우리의 등 뒤에 새겨진 문신 같은 것이어서 돌아볼수록 수치라는 이름의 얼굴로 부풀거든요 실수로 태어난 당신은 제때 손을 뻗지 못했을 뿐이라는 변명이에요 모자와 망토로도 가려질 수 없는 혼잣말 어디에도 있는 눈동자 속의 죽음 아니라면 그 죽음 뒤에 뒤따르는 부활 속 당신, 당신은 어디에서 울고 있나요

등 뒤로 닫히는 소리를 들었다
복도 끝이 너무 어둡다

네가 두고 간

향초에 불을 켜면 물방울
떨어지는 소리가 들렸다
흔들리는 밤처럼 아슬아슬했다
누구의 잘못도 아니었지만
언제부터 우리는 서로의 눈물이 되었을까
싱크대 앞에서 삼각김밥을 뜯어 먹다가
방을 가로지르는 물방울 소리가 있었다
불을 켜면 물방울 떨어지는 소리가 들리는
너의 향초는 어두웠는데
어느 심지가 타고 있는 것일까
목소리는 어떠한 형태로든 살아남아
결국 누군가에게 닿는다는 말은 거짓말일까
불을 켜면 물방울 떨어지는 소리가 나는
너의 향초는 이제 내 방 가득 향기가 되어
어디에서도 물방울을 들을 수 있게 되었다
어디에서도 비릿한 비밀이 출렁였고
어디에서도 나는 울었다

가장자리부터 마르기 시작할 거예요

누군가 우는 쪽 벽에 어깨를 기댄다

너를 남겨두고 걸었던 길이 있었다
오래도록 찬란했던 것은 비린내였다
마르지 않을 시간이 뒤척이는 소리였다

문이 거칠게 닫히고 누군가 떠난다.

한 계절이 끝날 때마다 심해지는 비린내를 두고
이 세상은 원래 바다여서 그래요 너는 우겼다
그리고 웃었나 웃었을 것이다 자꾸 추웠다

돌아오지 않을 것이다

그렇게 되기로 한 것에 대해 아무 말도 하지 않는 것이 맞
아요
모든 것이 제자리를 찾아 들어가는 시간이잖아요

가장자리부터 마르기 시작할 거예요

너의 말을 들으며 나는 웃었을 것이다
습해진 웃음이 결을 거스르며 찢어졌을 것이다

끝없이 묵중한 계절이다
누군가 우는 벽 쪽으로 기댄 어깨가
축축하다

무아

시간을 세었다 하나의 계절 위로
먼지가 쌓이고 빗물이 쌓이고 그렇게
다른 계절이 겹치면 우리는 건너뛸 수 없는
거리로까지 멀어져 서로를 향해 사랑한다
외칠 수 있을까를 세었다 조금씩 다른 얼굴이 되어
만날 때마다 손을 잡는 일이 어색해지는 순간을
견딜 수 있을까를 세었다 계속 세다가 배가 고팠다
냉장고 문을 열어 놓고 사과를 베어 물다가
등 뒤로 스치는 바람을 알 수 있었다 뜨겁고도 축축한
공포와 불신, 냉소와 혐오로 이루어진 前兆
그것은 너의 의지가 아니야 누군가 내게 속삭였다
뒤돌아보지 않았다
벽 안에서 단조로운 리듬의 딸각거림이 끊임없이 울렸고
그림자를 만들 정도로 단단해진 바람이 방 가득 차올랐다
시계가 멈추고 멈춘 시계에서 시간이 튀어나와 춤을 추었다
덜그럭덜그럭 나는 엉망으로 도망치는 시간을 붙잡으려
그림자가 된 바람을 헤쳐 보았지만 이미 부서진 손가락

어떤 것도 할 수 없었다 단지 우리가 서로 사랑했던 그

순간들이 울음처럼 터져 나올 뿐이었다 붉은 자물쇠 위에 적었던

우리의 이름은 퇴색되지 않을 것이니 이미 시간은 무의미하므로

불가산 명사만으로 존재하게 되었다 모든 것이 제 자리를 찾는 동안

요즘 외출

소리 나지 않게 걸었다 복도는 조용했다 807호 문 앞에 놓인 10킬로그램짜리 쌀이 며칠째 그대로다 승강기는 고장이었다 좁은 비상계단을 한 칸씩 내려설 때마다 터엉터엉 소리가 울렸다 빈 냉장고 냄새가 났다 우편함에 꽂힌 책의 표지는 계절마다 바뀌었는데 누군가의 이름을 불러 주는 일은 끊임없이 그를 살려내는 일이다 작은 글자였다 많은 이름들이 흘러갔지만 잡을 수 없었다 겨울이 쏟아졌고 텅 빈 문장들이 허물어졌다 바람이 불었다 내 몸에서 나는 냄새를 내가 맡을 수 있게 되었다 골목 끝에서 세 명의 여자가 큰 여행용 가방을 끌며 다가왔다 아무도 말을 하지 않았지만 하나의 챕터가 끝나가는 것을 모두 알고 있는 오른쪽 눈이었다 편의점이 자꾸 멀어졌다 드디어 배가 고프지 않게 되었다

그림자

어디에 있건 너는 밤보다 어두운 그림자를 가졌다 나무 모양이기도 했고 안개 모양이기도 했으며 아주 가끔 벽이었지만 대부분 무의미한 소리였으니 불쑥 튀어나오기도 하고 움켜쥘 수 없이 연약했다 어디서건 너는 보았지만 눈동자를 구분할 수 없었다 무엇을 보았을까

그림자는 밤이 깊을수록 빛났고 대낮엔 오히려 선명했다 그것이 무엇인지 너는 알고 있었다 깊은 밤보다 어두운 그림자가 다정히 눈을 뜨면 비밀은 드러나고 오해는 깊어질 때였다 너는 아무것도 하지 않았다 많은 약속들이 있었고 어떤 것은 그저 순간을 넘길 맹세에 불과했다

너는 언제부터인가 조금씩 찢어지는 소리를 들었다 너의 오른쪽과 왼쪽 그 어디에도 없다가 함부로 있었다 단순히 은닉하는 버릇일 뿐이라는 너의 저급한 변명은 낡고 더러워질 것이다 그리하여 너는 가만히 눈을 감는다 어디에도 그림자는 밤보다 어둡다

단념

　강원도 영덕호에서 멸종보호위기종 혹등고래 한 마리가 죽은 채 발견되었다 혹등고래는 어부 A씨의 그물과 호숫물을 모두 품은 모양으로 발견되었는데 그 그물은 어부 A씨가 혹등고래를 발견하기 12시간 전쯤, A씨가 하늘에 대해 아직 기대를 품고 있을 때 펼쳐놓은 것이었다 잔잔한 물결 위로 비치는 저녁 햇살을 바라보며 어부 A씨는 인간으로 죽어가는 일이 얼마나 지겨운 일인가에 대해 문득 생각했다 어부 생활 45년 만에 고래를 처음 보았소 아무리 동해로 흐르는 후천과 연결되지만 그 큰 덩치의 혹등고래? 이름도 난생 처음 들어보는 그 고래가 어떻게 민물을 거슬러 왔을까요? 연어 같은 거요? 혹등고래를 처음 발견한 어부 A씨는 울산고래연구센터 연구원에게 질문 형식의 증언을 하고 집으로 돌아와 인터넷에서 고래를 검색했다 사람처럼 폐로 공기 호흡을 하고 새끼를 낳아 젖을 먹여 키우는데 바다에서 사는, 그 고래가 번거로움을 감수하고 영덕호에 와서 숨구멍에 그물을 매고 익사를 선택했다 어부 A씨는 낮에 보아던 혹등고래가 가진 斷念의 크기와 종류에 대해 잠깐 생각하다가 작은 소리로 중얼거렸다 너도 그랬니?

누군가 버린

저기와 여기 혹은 너와 나를 구분하지 않아도 되는 밤과 아침의 어느 중간쯤에 앉아 보고 있었다

누군가 버린 화분에서 아무것도 자라지 않는 흙이 눈물처럼 쏟아져 내리고 있었다

니가 원하는 장면은 마지막까지 나오지 않을 수 있어

그즈음에는 많은 비가 내렸다

내린 빗방울은 나뭇잎에 숨었다가 비가 내리지 않을 때 비로소 쓸모없이 또 내리기도 했다

특히 그맘때에 따뜻한 날이 잦아 이름을 얻지 못한 흙들은 선도 없이 무너지기도 했다

다행히 꺾인 꽃은 없다고 했지만 누구도 알지 못할 뿐이었다

안 나올 수 있다는 거지 안 나온다는 것은 아니잖아

옆으로 누운 화분은 그대로 깊어져 갔다

다음날도 그다음 날도 일어설 줄 몰랐다

바람을 타고 새 한 마리 앉았을 뿐

침묵 같은 빌미는 주지마 원래 그런 것은 일어나지 않게
되어 있어

화분은 그렇게 스스로 무덤이 되려는 것 같았다

같았다 같았다 같았다

상관없는 새 두 마리가 오래 앉았다가 날아갔다

흙무덤 아래 무엇인가 솟아나려는 것이 있었다

그것은 기억 이전의 가시였지만 아름답지 않아 아무도 신
경 쓰지 않았다

누군가 버린 화분이 누군가를 버리기 시작했다

당연의 힘

그때 내가 무엇이었는지 기억나지 않지만 네가 내 옆에 계속 있으면 좋겠다는 생각을 했어 그것은 아주 잠깐 스치는 바람이었는데 그때 나는 거울 속의 나를 보고 있었던 것도 같아 무엇이든 그대로 비추는 법이 없는 그 거울 속의 나는 너와 어울리지 않는 눈과 이마를 가졌었고 입술을 오물오물 구기면서 입 안쪽 볼살을 씹고 있었는데 울지는 않았어 당연한 것이 너무도 당연해서 당연히 거울 속의 내 얼굴이 당연하게 보였거든 그 어떤 것도 당연을 이길 수 없으니까 그렇게 달이 지고 해가 뜨고 바람이 불고 꽃이 지는 동안 너는 당연히 더욱 찬란해지겠지 그러는 동안 나는 너무 느리지도 않게 너무 빠르지도 않게 당연히 나와 멀어지겠지 그날 그러니까 거울을 보면서 네가 내 옆에 계속 있으면 좋겠다는 생각을 했던 내가 무엇이었는지 결국 모르게 되고 말았지만 분명한 것은 그 어떤 것에도 서글프거나 서운하지 않았다는 사실이야

진화의 역설

　작은 아이가 걸어간다 맨발이다 허벅지에서 태어난 아이는 그렇게 될 운명이지만 닥치지 않은 것에 대해 가늠하지 않는 얼굴 무섭지 않은 걸음이다 습자지처럼 얇게 저민 허벅지 위로 붉은 장미가 피어난다 태어난 아이는 손아귀 힘이 충분해질 때부터 무엇이든 얇게 저민다 시간을 저미고 감정을 저미고 의견을 저미고 사람을 저민다 저미는 일이 익숙해질 때 저며진 것들은 투명에 가깝다 여지없이 들여다보이는 안을 가지게 된다 성숙한 저밈은 스스로 모여 작은 꽃잎이다 케케묵은 노을처럼 바스러지는 것들을 떼어내며 오래된 순서로 썩어간다 매번 얇아지는 허벅지 위로 수북이 쌓이는 꽃잎들은 지지 않고 흔들리지 않고 절망한다 어미를 먹으며 두 번째 태어난 작은 아이가 걸어간다 용의주도하게 구축된 조화 속에 걸음은 비로소 완성된다

스컴scum*

어제는 아무나 주웠다가 아낌없이 버리는 쓰레기
구토처럼 하나만 골라낼 수 없는 심장의 색깔
허락 받지 못한 내일의 아침 우연히 나는
태어나 있었어 그리고도 첫 번째 주머니에 들어 있던 것은
맥락 없는 발버둥 이상야릇한 카테고리의 저주
웃기는 건
매만질수록 대충 뜯어지는 슬픔 뒤에 도래하는
결코 네 잘못이 아니야

우리로 겹쳐질 수 없는 비좁은 음절은
타일 위에 붙인 종이스티커처럼
몇 번의 질문에도 금방 떨어졌다
무럭무럭 자라난 나의 숨은 매력은
'질림'에 있었고 어이없는 재주의 기본형이었다

엄숙한 별자리가 은하수로 걷잡을 수 없이 번지면
걷어내기엔 너무 완고해져 너와는 늘 어제 헤어지지

다행히 나는 누구도 주저하는 지랄발광이어서

네가 망했으면 좋겠어, 뒤끝은 없어

생성과 소멸 그 후의 번성 희망처럼

밋밋하고 평평한 문장이라 더욱 마음에 들어

허공의 꽃처럼, 마감을 끝낸 보름달처럼, 특별한 나머지들

처럼, 물끄러미 죽는, 나는 오늘의 닥친, 아가리

* ① 끓거나 발효할 때 액체의 표면에 뜨는 찌꺼기, 버캐, 더껑이 ② 찌꺼기, 쓰레기 ③ 구어
에서 종종 집합적으로 인간쓰레기, 오합지졸을 가리키며, 환경용어사전에는 배수 중의 오
탁 물질을 부상분리법浮上分離法으로 처리할 경우 액면에 떠오른 찌꺼기. scum선언문과
는 상관없다.

균형의 유일성

봄이었어요

아침저녁 명치 끝이 얼어붙는 바람이 불었지만 봄이 된 것
같은 낮이었어요 옆집 아저씨가 화단 구석의 흙을 꽝꽝 파더
니 무엇인가 묻었어요 나는 창문틀에 두 팔을 올리고 아저씨
를 쳐다보았죠 아저씨는 땀도 흘리지 않고 나를 알아채지도
않고 두툼하게 올린 흙더미만 내려다보았어요 아저씨가 집
에 들어가면 저 흙을 다 파내고 무엇을 묻었는지 확인해 봐
야지 생각하다가 깜빡 잠이 들었는데 밤이었어요 비가 내려
서 나는 낮에 했던 생각을 잊어먹고 말았어요 새가 한참 놀
다 갔어요 꽃잎이 살짝살짝 부서졌구요 나의 창문틀에도 많
은 것들이 올라갔다가 숨었어요 그러다가 비가 몇 번 더 왔
고 그날은 내가 제일 아끼던 찻잔을 올려놓은 채 옆집을 쳐
다보고 있었죠 화단 앞에 아저씨가 서 있었어요 아저씨의 두
다리 사이로 무언가 흔들렸어요 내 찻잔에서 피어오른 뜨거
운 김은 아니에요 아주 아주 오래전 아저씨의 싹이 자라났어
요 그것은 초록색 손을 가졌군요 나는 기쁜 마음이 들었지만
아저씨한테 얘기하지는 않았어요 아저씨가 집에 들어가면

아저씨 몰래 아저씨의 초록 손가락에다가 알록달록 예쁜 구슬 목걸이를 걸어 줘야지 생각하다가 컵이 쨍그랑 소리를 냈어요

모든 것의 총계는 어떻게 같아지는 것이죠?

처음부터

바람이 조금 불었다 모든 창문이 열려 있었다 우리는 축축한 거리를 걸으며 느긋한 기분이었다 어떤 색의 공이 좋겠냐는 식의 대답이 중요하지 않은 질문을 하며 하늘을 올려다보기도 했었다 불안이 습관처럼 내 어깨를 조용히 감싸며 웃었다 외면할 수 없는 순간들이 오고 있었다

잠에서 깨었을 때 익숙한 창문이어서 다행이었지만 너라면 어땠을까 단조로운 창틀과 그 속에서 죽어가는 밤의 그늘과 어딘지 알 수 없는 지표들 뒤로 달이 만든 나무가 모든 시간의 리듬으로 흔들리는 벽과 한 줄의 빗줄로 그 모든 압력을 견딜 수 있다고 생각하지 않겠지

기억나지 않는 시간을 추측하다가 문득 알게 되었다 조개처럼 열리지 않는 달콤함이라든가 접히는 쪽에 덧댔던 것은 그저 헝겊이었다든가 스칠 때 일어나는 단순한 움직임이라든가 그 과도하고 예민했던 공포는 나만의 것이어서 전체를 포괄하지 못하는 발목이었다든가 하는 사소하고도 무의미한 침묵

이미 돌이킬 수 없게 되었다

다시 바람이 어디로든 불어왔다

태양은 무엇에도 거치지 않고 담담하게 떠올랐다

다시 눈을 떴을 때 너는 없었다 처음부터

잘못

견디는 날들이 많아질수록
잘못이 쌓였다
너무 많은 잘못이어서
무엇부터 바로잡아야 할지
머뭇거림이 길어졌다
넘어지지만 않는다면
나아갈 수 있으리라
믿고 싶었다
어떤 뒷걸음은 아주 강력해서
모든 것을 흡수하였다
그렇게 어두워졌고 깊어졌다
기대와 시간은 좌절과 공포로 태어나
꺾이지 않고 자랐다 여전히
믿음은 믿음의 형태로
약속은 약속의 형태로
존재는 힘이 없었다 오히려
대체로 무책임했다

두드러지는 것을 반성했다
아무도 가르쳐주지 않아 바람을 붙잡았다
쥐는 것은 잘못이었다
잘못이 생각 없이 쌓이는 날은
오로지 견뎌야 했다

함정: 가끔 문득 자주

한쪽 눈을 떴을 때 천장의 무늬는 겹쳐 보이지 않는다 침대에 누워 두 눈으로 바라보는 천장은 아라베스크풍으로 기발하게 꽃피운 작고 미세한 선과 선, 지나치게 서로를 간섭하며 자신의 금을 두 개 혹은 세 개까지 부풀리는 선, 그것은 가로와 세로 혹은 모든 대칭적 도형이 선사하는 전형적인 난장판이다 그러나 오늘 지금 여기 대체로 내 방이나 다른 한편으로 온전히 낯선 곳에 누워 단정한 천장을 바라보는데 어쩌면 한쪽 눈은 쓸모없을지도 모르겠다는 생각을 했다 키클롭스도 "모든 필멸자와 불멸자 위에 군림하는, 지혜의 신에게 천둥과 번개를 선물했던, 강인한 정신과 위대한 신체의 힘을 가진 그들은 위풍당당했고 이마 한가운데 하나의 눈을 가졌"으므로 나는 한쪽 눈을 감은 채 침대에서 천천히 나와 거울 속 나의 한쪽 눈을 정성 들여 지웠다 자랑하고 싶을 만큼 산뜻한 하나의 눈만 남았다 경쾌한 작업이었다 그리하여 꽃과 나무에 꽂히는 절망은 더욱 확실해졌고 공기 중에 쏟아지는 바늘 같은 농담은 더욱 기품 넘쳤다 아름다운 결말은 낯선 장난이었다 나는 한쪽 눈을 끔뻑이며 무늬 없는 하늘을

쳐다보았다 멀리

　바람이 달려왔다 그리고 나는 도처에서 한꺼번에 일어나
는 사물의 경계가 뭉개지는 것을 알지 못했다 나는 그 어디
에도 속하지 않는 아무것이었다

우리의 외면

  그렇게 잊히는 이름이 있습니다 단지 냄새로만 머물다가
곧 흐느낌이 될 예정입니다 그 이유였습니다 새벽이 건네는
말은 진부한 예언이었지만 발각된 함정처럼 태연했습니다
의미 없이 째깍대는 근거들은 단지 스스로를 위한 선언일 뿐
무엇이 더 있겠습니까 자꾸 들여다보는 깨지지 않는 창문이
있었습니다 기억과 생각은 어떠한 계획도 갖지 못한 채 사그
라집니다 뒤돌아볼 길이 없어 가만히 있는 동안 대립은 하나
의 좌절을 먹으며 자랄 것입니다 거세될 것을 위한 쾌락은
일반적이지 않아 완벽하겠습니다 여전히 그대로인 어제와
오늘의 아무나들에게 이름과 이름 사이 남겨진 불가능은 망
각이어서 누구도 말하지 않습니다 미처 다 부르지 못한 이름
이 있습니다 여기 그리고 지금도

무릇,

수많은 변수들은 거짓말이 되었다
우리는 어디를 향해 갔던 것일까
꽃잎 무너지는 회화나무 아래에서
속수무책 휩쓸리는 길들을 보았다
길은 어디에나 있었고
어디로든 뻗어나갔지만
우리가 가 보지 못한 곳이 더 많았다
길 바깥에 대해 다만 우리는
대답할 수 없는 질문을 하고
서로 웃을 뿐이었다
시간은 규칙적으로 쪼개져
까마귀밥여름나무 꽃이 피었고
곧 무릇 홍자색 꽃이 필 길의 끝에
나가는 곳이 있었다

친절한 조소

너는 보도 난간에 기대 무엇인가를 보았어 그때 오래되어 남루해진 젖은 잉크 냄새가 훅 끼쳤던 것 같아 정오를 겨우 지난 시간이었지만 금방이라도 비가 쏟아질 듯 어둑해졌어 예기치 않은 불신을 피해 어디론가 뛰는 사람들을 따라 내가 너의 손목을 잡으려 몸을 돌렸을 때 너는 꼼짝하지 않았어 대신 너는 입을 우물거리며 무슨 말을 하는 것처럼 보였는데 나는 묵직해진 공기에서 너의 목소리를 골라내지 못했어 말의 물결이 왜곡되어 서로의 음절을 잡아먹는 것처럼 들렸거든 그러다가 천천히 하나의 덩어리로 뭉쳐져 내게는 기괴한 웃음소리처럼 닿았어 너는 박해받는 순교자처럼 한쪽 뺨을 움찔대더니 손을 들어 내 등 뒤를 가리켰지만 나는 뛰어난 솜씨로 빚은 시간이라든가 몇 가지 유형의 리듬으로 굴러오는 쓰레기라든가 로맨스와 고백이 뒤섞인 허풍의 파편 정도만 어렴풋 짐작했을 뿐이었지 결국 비가 쏟아졌고 후두둑 이마를 때리는 모난 것들에 마침내 이렇게 되었어라는 너의 그 짐작할 수 없어 무의미한 말만 가득했지 나는 어떤 것도 보지 않았고 아무 말도 하지 않았어

아침의 기원에 대한 극소수의견

살짝 초라하고 쓸쓸하고 미안한 아침의 마음으로 A는 이불 속에서 눈을 감은 채 자다가 말다가 자다가 말다가 B를 생각합니다. 거울이 얹힌 가을밤 창가에서 내내 A의 우울을 지우느라 대책 없이 구겨지던 커튼은 옆으로만 밀리는 가로이므로 B에게 속삭이던 말들은 주름으로만 접힙니다. 너무 달콤해서 토할 것 같은 B의 입술이 천진한 거짓말을 빨아 먹을 때 A는 습관처럼 지루함에 어울리는 변명을 준비합니다. 그때 A는 거울의 B를 위해 어디에도 없고 무엇에도 잡히지 않으며 시도조차 된 적 없는 반전을 준비하지만 분명히 보잘 것 없습니다. B가 미운 밤이 자꾸 겹쳐질수록 A는 제일 밑에 깔린 미움의 근원이 무엇이었으며 어떠한 형태였는지 알 수 없게 됩니다. 사실은 그렇게 되어 있기로 한 것이었지만 A는 계속 모른 척 오로지 미워하기 위한 목적으로만 밤을 사용합니다. 그렇게 A는 어제가 끝나갈 무렵 혹은 비열한 밤의 끝자락에 아침을 끌어 꿰맵니다. 다시 예상되는 아침은 밤을 먹기 위해 저녁이 되었고 끝없이 남아 부끄러운 어제를 감춥니다.

이 이야기는

눈치챘겠지만

너의 이야기

너와 나의 이야기

너는 모르는 이야기

나의 이야기

어디에도 속하지 않는 이야기

같이 꿈꾸었으나 깨져 버린 이야기

나만 남은 이야기

나만의 이야기

뻗지 못한 뿌리가 엉김과 번짐으로 지탱되는

그런 아침의 이야기

없던 지난밤의 이야기

결국 너와는 상관없는 이야기

결국 부서질 이야기

그래서

처음부터 없었던 이야기였으면 하는

너의 이야기

아니
나의 이야기

빈 문장

이야기를 두고 떠났다
나는 맨발에 슬리퍼 차림이었다
노래였다면 조금 더 멀리 갈 수 있었을까
하지 못한 이야기는 하지 않을 이야기였다

오래된 벚꽃나무 아래에서
너는 주머니에 손을 넣은 채
피지 않는 꽃에 대해 이야기했다
나는 견디는 중이라 대답했고
너는 조용히 내게 입을 맞추었다 가지마

한 단어로 이루어진 문장은 보잘것없이 남용되어
종종 전치사처럼 사용되었다
하나의 챕터가 끝나가고 있었다
고요한 아침이었다
이름이 없다는 사실을 뒤늦게 깨달았다

책을 뒤쪽부터 읽는 습관의 너는
이미 마지막 문장을 가졌고
우리는 결코 마주치지 않을 목소리였다

어떤 이야기는 약속의 시작이었고
오늘까지만 즐겁자는 다짐이었다
꿈이 더 이상 너를 망치지 않게 할 거야
모두 잊어

발자국 소리가 어제의 너처럼 희미해졌다
손잡이는 생각보다 무겁지 않았다
빈 문장이 보풀처럼 날렸다

살아남는 이야기

아침에 꿈을 꾸었어
저녁까지 살아남는 이야기야
건성으로 한 말인데 뱉고 나니 그게
사실이었다는 것을 깨달았어
이야기는 이야기를 낳고 이야기를 낳으며
이야기를 낳았고 이야기는 이야기로 끝날 거야 그래도
나는 저녁까지 살아남는 이야기를 해야겠어

우리는 소주를 나눠 마시며
영화를 보거나 입을 맞추는 저녁들이 있었다
등 뒤로 바스락 울리는 바람은
우리의 것이 아니라고 생각했다

개가 아직 자동차에 깔려 있어요
너희들을 위해 새로운 개를 사 왔어
이름은 스파크플러그 내일 자살할 거야
웃지 않았다

우리의 꿈은 이미 저녁까지
살아남는 이야기 끝나기 전에 나는
노트북 전원을 끄고 형광등을 켜둔 채
너의 곁에서 잠이 들었다 그리고

아침까지 살아남는 꿈을 천천히 꾸었다

그대로 두다

너를 만나지 않기로 한 날 저녁
나는 아무 계단 어디쯤 앉아
바람이 흩어 놓은 무지개의
제비꽃을 생각했어
지우고 싶지 않은 순간들은
무심히 흘러갔고 너는
다른 시간 위에서 재채기나 하며
웃거나 밥을 먹거나 잠들겠지
조금은 쓸쓸하지만 다행이야
비와 바람과 햇살과 의자들
가볍게 흔들리는 너를
만나지 않기로 한
마흔일곱 번째 혹은 다시 첫 번째 저녁이
기막히도록 천천히 지나고
어떻게든 숨겨지지 않을 후회와
용서들에 대해 나는
그냥 그대로 두기로 해

너를

화단에 묻었다
너는 조금 찢어졌다
내가 그런 것이 아니다
너는 무엇이 되고 싶었다
나는 잊지 않고 있었지만
아무것도 하지 않았다
그러고도 너는 웃었다 그때
나는 아무것도 하지 않음으로써
결정적이었다
내가 흙을 파는 동안에도 너는
여전히 아름다웠다
찢어진 너를 흙으로 덮었다
너는 나에게 아무것도 묻지 않았다

알 수 없는 시작

  너는 소리를 옮겨 적는 사람이라고 했다 특히 땅에 떨어져서 누군가 밟고 지나간 소리들을 줍는 일에 많은 시간을 들였다 바람에 넘어진 소리를 일으키거나 누군가 쓰다 구겨서 버린 소리를 찾아 휴지통을 뒤지는 일을 하고 나면 알찬 하루를 보낸 것 같다고 뭔가 말하는 너를 보면서 소리의 부름을 받고 있는 것은 아닐까 생각했다 어떤 소리를 싫어할지 고민하는 순간이 너에게도 생겼다 단순히 지루했기 때문이라고 했다 소리를 찾는 일은 원래 지극히 어려워서 오랜 시간 집중해야 했는데 돌멩이 밑에 숨겨진 소리를 구분하다가 문득 알 수 없는 분위기에 휩싸여 순간 어지러웠다 그때부터 너는 소리를 옮겨 적는 것이 일이 되었다 나는 네가 싫어하는 소리가 무엇인지 알 수 없어 불안했다 혹시 내가 그런 소리를 내게 될까 봐 아무 소리도 낼 수 없었다 너 또한 불안했다 어떤 소리를 싫어하는지 너도 몰랐으므로 모르는 사이 싫어할 만한 소리들이 자꾸 늘어갈까 봐 두려웠다 그러는 동안 혼란과 공포가 뒤섞인 고독이 너와 나 사이의 간극을 촘촘히 메우기 시작했다 나의 소리는 왜곡과 변형의 방식으로 너에

게 닿았다 너는 나에게서 나온 소리가 순수한 소리인지 불순
물이 섞인 소리인지 구분하고 골라내는 일에 많은 시간을 들
이기 시작했다 그저 단순한 시작이었을 뿐이었다

동시에 존재하는

지금 내 앞에 앉아 있는 너는
탁자를 사이에 두고 오른쪽 앞에 앉은
나를 바라본다 나를 바라보는
오른쪽 앞에 앉은 너를 나도 바라본다
너는 왼손잡이이므로 나를 잡을 수 없다
나는 오른손잡이이므로 너의 오른손 새끼손가락
끝 작은 점을 만질 수 있었다 처음부터
그러려고 그랬던 것은 아니었지만
결국 그렇게 되어 버린 것들은
방 안에 들여놓은 회색 코뿔소
어떤 것도 할 수 없는 이유였다

우리는 우리의 시간이 거리에 떠도는 개처럼
맥락 없이 흘러가게 내버려 두었다 하지만
알고 있었다
너의 약속은 어떤 것도 허튼 것이 없었으며
단지 지켜지지 못했을 뿐임을 그저 웃을 뿐임을

나는 알고 있었다 그래도 나의 오른손은 너의 오른손
새끼손가락 작은 점을 자꾸 문질러 피어나는 물음표
모양의 꽃은 정원의 어두운 쪽에서 저물 것이고
아물어 새로운 열매를 밀어낼 것임을 알고 있었다
그건 완전히 다른 이야기다

_꿈

돌로 채워진
북쪽 유리창이 조금 흔들렸다
너의 약속은 자유로운 균형을 가장한 편견이거나
조잡한 변명이거나 경계를 허물며 달라붙는 거절 따위로
정의된다

"의식적 몸짓이라든가, 치켜 올린 눈썹이라든가, 은밀한
발언이라든가"

이제는 살짝 진부해진 것들이 오히려
너의 예의다
사라지는 것 자체, 그 순수한 목적으로만 완성되는
아무도 믿지 않는 성향의 밤이다
달콤한 희망은 원래부터 존재하지 않아
알맞게 자연스러운 전환이 되었다

조금 흔들렸던 북쪽 유리창에

습기가 촘촘해지기 시작하면
너는 어디에도 있지 않기로 한다
거기서든 여기서든 어디로든
돌아가지 않는 반짝임의 시간
그리고 드디어 온전해질 시간이 되돌릴 수 없다

아무렇게 갈림길

갈림길에 조성된 길고 좁은 단면을 따라
갈고리 모양의 짧은 사라짐이 반복되었다
실수라 하기엔 의도된 어떤 날이었고
현명한 농담을 하기엔 늦은 오후였다
마침 누군가의 웃음이 터졌다
풍선이 있다고 쳐 봐
거기 왜 하필 풍선이 있었는지에 대해
한 번도 생각해 본 적이 없지?
오므라졌다가 벌어지는 명랑한 입술이 지나갔다
압축의 반복이 끝나기 전에 다행히 가로등은 켜졌다
금방 사그라드는 불꽃처럼 부질없는 뿌듯함이 본질이었을
까
여름이 남은 햇살을 붉은 점으로 만드는 동안
나는 노골적인 하나의 덩어리로 뭉쳐지고 있었다
사소한 이유들이 독창적으로 구성되고
자유로운 아무렇게는
조각보처럼 불규칙한 사선들을 내놓을 뿐이었으니

나는 신발도 신지 못하고
길고 좁은 단면을 따라 갈림길에서 사라지고 있었다

거미와 꽃

　거미줄이 끊어졌다 즐거운 밤이 시작되었다 찬란한 햇살도 싱그러운 바람도 철없이 피어나는 꽃도 없어 첫 시작의 밤이었다 그 이유는 아니었지만 너는 손가락을 주머니에 넣음으로써 가슴 가운데 달아 두었던 꽃이 떨어지는 것을 지켜볼 수 있었다 거미는 새로운 줄을 꺼내기 시작했다 여러 소리들이 한꺼번에 흘러넘쳤다 웅웅 네 목소리가 엉기고 있었다 나의 고백은 무턱대고 커졌고 술은 잔에 넘쳤다 즐거웠다 순진하게도 너 또한 즐거울 것이다 거미는 타원형의 그물을 완성했다 너는 주머니에서 꺼낸 손가락으로 거미줄을 건드리며 말했다 꽃 피는 식물이 등장했던 1억4천만 년 전부터 이어온 거미줄은, 그다음 말을 듣지 않았다 느리게 흐르는 시간을 가진 사람들이 너와 나 사이에서 어슬렁거렸고 너는 나를 보지 않았으므로 나를 위한 이야기는 아니라고 생각했다 거미가 그물 위에 새로운 그물을 지어 예쁜 꽃 모양을 만들었다 부서지는 달빛을 거머쥐었다 한숨에도 흔들렸다 즐거운 밤은 끝나고 있었다

물끄러미

　새벽에 잠깐 새가 우는 소리를 들었지만 약속이 아직 오지 않았으므로 그냥 잠 속이에요 나와 당신은 몇 시에 일어날지 서로 얘기하지 않은 채 깊은 잠을 잤어요 나는 높은 굴뚝을 지어요 어제와 오늘이 뒤엉켜 돋아났어요 그들이 낳은 꿈과 새와 그림자와 그림자, 같은 말들은 안개처럼 어디에서도 무성해요 그렇게 나의 엉성한 이야기들은 촘촘하게 엮어져요 그러나 자주 벌어지는 틈새 꽉 쥔 주먹이 한동안 펴지지 않아요 굴뚝 아래로 그어엉 바람이 울며 지나가요 무언가 뜨겁고도 축축한 것이 도통 마르지 않는 손이에요 그렇게 아직 우리가 되지 못한 나와 당신은 나란히 누워 각각 꿈을 꾸거나 꾸지 않아요 평안한 나날이었고 어떤 일도 일어나지 않아요

잘 지내니?

길을 걷고 있을 때였다
어제와 다른 밤 어제와 같은 하루의 끝에서
너로부터 짧은 문자를 받았다

비가 올 것 같은 바람이 불어서 정말 좋아 너는 지금 뭐하
니?

너에게 긴 마음을 보냈다
어둠이 마스크를 대신하는 동안
나는 같은 곳을 세 번이나 지났다
너와 같이 앉았던 번거로운 경계라든가
우연히 들렀던 막다른 밤이라든가
두 마음이 필요했던 모면처럼
불쑥 나타나는 모서리들이었다
어디든 갈 수 있는 밤과 다리가 있어도
멀리 갈 수 없는 날이 길어지고 있었다

너는 점점 더 멀리 갔다 무엇이 문제인지 기억이 나지 않아

　　어쩌면 이 모든 것이 꿈이지 않을까 생각했다

　　소리를 내며 따르는 감정이 있다면 그것은 한 번도
　　나를 앞지른 적이 없는 것이어서 빨리 걸을 수 없었다
　　너와 헤어지고 꺼냈던 그 보폭은 울음이어서
　　좁혀지거나 넓어지지 않았다
　　모든 현상에는 원인이 있는 법이라는 너의 말은 맞았다
　　누군지 알 수 없는 사람으로부터 문자가 왔다

　　잘 지내니?

잘못 읽다

    책 속에서 사라지다라는 글자를 한참 들여다보는 중이었으므로 나는 너와 분명히 다른 때에 있었다 너는 나를 보며 너의 사다리는 어디로 뻗을 거니 친절하게 물었지만 모르는 것 투성이었다 손으로 쿠키를 뜯어먹던 너는 모든 진리는 책 속에 있단다 근엄하게 얘기하고 거룩하게 웃었다 너의 말은 커튼 뒤에 숨어 울지 않는 시간처럼 쓸모없었다 아니야 아니야 저기 미친 새가 굴러가 나는 너 대신 소리 내어 웃었지만 너는 듣지 못했다 어떤 것들은 집요하게 떨어지려고 했다 어떤 것들은 그저 매달린 채로 다른 문장을 흔들 뿐이었다 결국 다시 여기로 올 것이니 너무 애쓰지 마렴 너의 목소리는 나를 향해 더 커졌고 너의 눈동자에서 다른 의미가 익숙하게 일렁이겠지만 나는 너를 올려다보지 않기로 했다

붉은, 선인장

적당한 양보다 조금 더 점심을 먹고 나는
그대로 바닥에 누워 창으로 연결된 계절을 본다
아무 일도 일어나지 않을 듯 구름은 천천히 흐르고
커튼은 그 자리에 걸렸다 움직임도 없이
나른한 오후가 시작되기 전 생각났다
어젯밤 누군가 내게 맡긴 선인장은
진주 모양의 꽃이 박혀 있었는데
함부로 만지다가 손바닥에 난 피가 배어 붉어졌다
어느 순간의 뜨거움이 바스락 피어났다
태양은 한계를 모르고 떠올랐고 그늘이 없어도 충분했던
그때가 뾰족하게 박힌 선인장을 나는
밤이라는 핑계로 책장 맨 위에 올려놓고
한참을 두리번거렸다 생각해 보면
흔들리지 않고 타오르는 것은 존재하지 않았지만
흔들리지 않고도 타오르고 싶었던 미망이 있었다
깊은 꿈을 깬 한낮이 아직 남아 조용히 나를 끌어안았다
등에 두었던 바닥에서 서늘하고도 매서운 바람이 불어왔다

위험한 약속

　내가 상희미용실에 들어섰을 때 하필 은동이가 울면서 아
버지를 찾고 있었다 상희미용실 이모는 텔레비전에 있었고
내 머리카락은 기계적으로 잘려나갔다 가족 모임에 나타난
강군 때문에 그릇이 깨졌다 내 앞머리가 가로로 춤을 추었다
거울 앞 일본산 고양이가 보란 듯 규칙적으로 팔을 흔들었고
손님 의자에 엎드려 있던 오렌지 쿠션은 스폰지를 낼름 뱉었
다 이모가 내 머리를 감겨 줄 때까지 은동이는 아버지를 아
직 찾지 못했다 이모의 손가락에 자꾸 힘이 들어갔다 미지근
한 물이 쏟아지는 샤워기가 내 귀에 물을 뿜어도 은동이는
울면서 아버지를 찾았다 상희미용실 머리 감는 의자에 앉은
나는 은동이의 눈물인지 강군의 눈물인지로 흥건했다 집으
로 돌아오는 내내 누구의 눈물인지 모를 액체가 내 귀에서
흘러나와 뺨에 길다란 자국을 남겼다
　내가 너에게 했던 위험한 약속에 대한 답일지도 모르겠다

그렇게 흘러

어디로 갈까요 가만히
흐르는 물속에 손 담그면
따라 일렁이는 하늘
빨리 사라지는 흔적이에요
아직 나무는 자라지 않았어요
열어둔 물길 속으로 도무지
뜨거워지지 않는 순간이 지나면
바람은 자주 방향을 바꾸어 여기
아니면 저기, 결국 다시 여기
자그마한 싹으로 돋아날 거예요
침묵처럼 무거웠던 뿌리는
어디에도 있었고 어디에도 있는
우리들의 심장이에요
나는 너무 긴 다음의 다른 이름이지만
어느 구석에라도 스며 뻗어
그렇게 흘러
당신을 만나러 가는 다음이에요

영원한 사랑

베고니아꽃 화분을 선물로 받았다
현관 앞 신발장 위에 올려놓았다
탐스러운 꽃잎들이 즐거웠다
며칠 뒤
꽃은 앓기 시작했다
자리도 공기도 나의 손길도 싫었던가
꽃잎 가장자리부터 말라갔다
나도 어느샌가
저 꽃잎은 언제 떨어질까
기다리기 시작했다
툭툭
송이째 떨어지는 꽃잎을 수습하는 것이 아파
보지 않은 날도 있었다

징조는 잦은 오해를 부른다

두어 송이 베고니아 꽃이 자그맣게 피어났다

너

바람이 몹시 불었다
나뭇가지가 휘청였다
햇살이 따라 흔들렸다
깃발은 위로 펄럭였다
구름은 빠르게 밀려갔다
어떤 것도 머무르지 않았다
어렵게 태어난 꽃송이가
아득히 날렸다
그 위로 다시 바람이 불었다
그리고 숨을 보았다
바로, 여기 온통
너였다

지속의 리듬

　당일치기 단체 여행이었다 19,900원에 세끼를 해결하고도
시키는 대로만 하면 잠도 잘 수 있고 노래도 부를 수 있다 원
래는 단풍도 보고 멋진 산에 들어 부처님도 보고 젓갈시장에
도 가는 일정은 자꾸 변경되었다 10월도 하순을 향해 달리는
데 단풍은 아직 들지 않았고 젓갈시장 안에 산이 있을 리 없
지만 시식용 젓갈 속에서 부처님을 찾았다 일행 중 이미 충
분한 음주를 마친 두 분의 신사는 목소리마저 출중하였다 야
씨팔 이 뭐하는 짓이야 베테랑 가이드는 기다렸다는 듯 능숙
하게 무덤을 제시했다 계획은 변경되는 맛이고 또 이게 여행
의 묘미 아니겠습니까 두 분의 신사는 붉으락푸르락 등산
복 상의 자락을 휘날리며 멋지게 다리를 벌려 앉았다 젓갈향
가득 실은 버스는 백제 시대 누군가의 무덤 안으로 들어갔다
평평한 것도 구멍이 되고 모든 번성은 초라함으로 진화하게
마련입니다 빨리 달릴수록 완성됩니다 무덤의 설명문을 차
근차근 읽는데 45명 다닥다닥 섞이던 냄새가 났다 붉거나 초
록의 시간들이 흐물흐물 밤이 내려앉는 고속도로 위 적당한
조도 아래 송가인의 쓰러집니다에 맞춰 내 눈두덩 위에서 사

무쳤고 당고개역 2번 출구에 도착한 버스는 아침보다 더 초
라해졌지만 앞으로 조금 더 나아간 것 같았다

_같은_사람

1

별이 뜨지 않아 비 맞은 개처럼 우리는 함께 앉아 울었다

어느 누구도 울지 않게 해 주세요 간절한 기원만이 빗소리 뒤에서 울렁거렸다

2

건물과 건물 사이 좁은 통로 끝에 한 여자가 쪼그려 앉아 소리 내어 울었다 여자는 자신이 있는 곳이 길의 끝이었으므로 어두웠으므로 등 뒤를 바라보지 않았으므로 영원히 갇힌 것처럼 엉엉 울었다 통로 입구 플라스틱 음식물쓰레기통 옆을 비집고 들어선 어떤 남자가 그 여자 뒤에 서서 울지 말라고 창피하게 말했다 우는 그 여자를 몰래 내려다보던 창문 하나가 슬그머니 어두워졌다 여자는 계속 울었다 엉엉

−1
시간이 뱀처럼 구불거리며 지나갔다
서로의 사정을 잊는 날이 잦았다
각자의 벽에 등을 대고 가만히 바라보는 것은
잘못 흘린 눈물이었다

0
애초 우리의 기원은
쓸모없었을까

미안해

어항을 청소하다 수초 밑에서 수첩을 발견했다

젖은 수첩에는 많은 이야기가 번져 있었다

너와 함께했던 순간들의 비통함, 불분명한 적의, 낡은 전개, 팁팁한 터널의 공기, 시답지 않은 시간과 드디어 너와 함께하지 않아 피어오르던 찰나의 심야, 잘못 죽은 석양, 썩지 않는 사과…

그렇게 쌓인 단어들은 수첩 끝에 놓인 미안해로 수렴되었다

그러나 그 미안해는 이미 젖어 힘을 잃은 뒤였으므로 나는 계속 새로운 미안해가 필요했다

그때는 그랬다

건물과 건물 사이 좁은 통로를 씨ㅇ* 욕하며 지나가는 바람에서 너를 떠올리며 미안했다

보도블록과 보도블록 사이 억지로 낀 마름모 보도블록이 나처럼 어정쩡 보여서 미안했다

확고하지 않은 취향이 미안했고 잦은 걱정과 집착이 미안했다

그러다가 어느 날

너무 상쾌한 기분이어서 미안하지 않게 되었다

가끔 돋아나는 혐오여서 미안하지 않게 되었다

어떻게든 미안 위로 미안을 계속 얹다가 맨 처음 미안이
기억나지 않게 되어 미안하지 않았다

그렇게 허투루 네게 보냈던 시간이 너무 아까워

수첩 속 내게 미안했던 마음들을 놓아주어도

이제는 괜찮게 되었다

* 인생은 어차피 오독의 연속이지만 혹시나 해서 메모를 남깁니다.
  ㅇ은 씽의 ㅇ입니다만 내키는 대로 읽으십시오.

꽃놀이

바닥에 벚꽃 놓으며 엄마가
좋은 소식 올란갑다 웃을 때마다
매화 가득 핀 나뭇가지 위에 꾀꼬리 앉네

처음 맞은 사위 뭐가 좋은지
엄마는 매번 오동을 놓치고
사위는 우리 장모님 오래 사시라
수壽 자 쓰인 국화 슬며시 내놓으며
번갈아 피박을 쓰네

그 시간이 아까워 어떻게 눈 감을까

몇 달 놀지도 못한 꽃놀이 접고
울컥울컥 모란 터지던 그해 늦봄
종이꽃 가득 안고 우리 엄마

봄마다 꽃은 피고 지지만
엄마의 꽃은 가만히 잠들어 지지 않았네

공간의 아이러니, '골목 끝 집'

유한근(문학평론가)

"그의 시는 분명 매직(Magic)이다. 그 속에서 우리는 사랑도, 파라다이스도, 허무함도, 삶과 죽음도, 유쾌한 재미도 느끼게 된다. 그 매직 속으로 우리를 자꾸만 끌어당긴다. 그것이 이노나 시의 Magic이"라고 나는 이노나 첫 시집《마법가게》의 시 해설을 쓰면서 결말부분에 여운을 남긴 바 있다. 이제 그의 두 번째 시집인《골목 끝 집》으로 들어가 다른 마력을 탐색하려 한다.

1. '너'의 정체성과 실험적 사랑의 아이덴티티

원론적인 질문부터 하자. 시인은 왜 시를 쓸까? 왜 써야만 하는가? 쓰지 않고는 견딜 수 없는 존재의 무거움이 있는가, 그 정체는 무엇인가? 이러한 우리의 질문은 시인에게 삶의 화두이기도 하다. 그래서 매력적이지만 때로는 우리의 발목을 잡는다. 그리고 이노나 시에서 보이는 '너'와 '네'라는 이인칭 대명사가 독자인 당신의 발목을 잡는다. 그 이유는 이 시어가 특별한 누군가를 지칭하는 하는 것으로 오독될 수 있고, 그 특별한 누군가가 당신을 지칭하는 또 다른 이름이지 않을까 하는 착각으로 인해 상상력을 촉발시키기 때문이다. 그러나 결론적으로 말하면 이노나 시집 《골목 끝 집》에서 '너'는 시인 자신 혹은 살아있는 시적 대상 그 무엇이다.

이를 해명하기 위해 우선 제목 그 자체인 시 〈너〉를 먼저 보자. 전문은 이렇다. "바람이 몹시 불었다/나뭇가지가 휘청였다/햇살이 따라 흔들렸다/깃발은 위로 펄럭였다/구름은 빠르게 밀려갔다/어떤 것도 머무르지 않았다/어렵게 태어난 꽃송이가/아득히 날렸다/그 위로 다시 바람이 불었다/그리고 숨을 보았다/바로, 여기 온통"이 이 시의 전부다. 이 시에서의 바람과 함께 흔들리는 것은 '너'이다. 부는 바람 위로 불어오는 존재이다. 흔들리는 존재이다. 어떤 것도 머무르지 않게 흔드는 그 무엇이다. 그리고 숨쉬는, 생명력 있는 그 존재이다. 이 우주를 온통 하나로 흔들리게 하는 존재이다. 그것이 바람은 아니다. 바람은 이 시의 사유를 착상하게 하는 존재일 뿐이다. 그것을 인식하고 그 주체가 되는 것은 시인 자신일 뿐이다. 시적 자아가 우주의 중심에 서 있을 뿐이다.

그렇다면 '나'가 있고 '너'가 있는 시의 경우에서의 '나'의 정체는 무엇일까? 시 〈사랑하지 않아〉를 보자.

> 누구도 신경 쓰지 않아 어디에도 속하지 않는 무릎들은 해지기를 기다리지 *인생의단맛*에서 우리는 *한없이더러움에가까운블루*나 *애인의애인*을 나누다가 *진토닉보다맛있는플라토닉* 따위는 서둘러 그만둬 그러면 우리 이제 제발 사랑하지 말자 맹세를 기록할 때야 여기가 바로 밀리웨이스, 나는 우스꽝스러운 앞구르기를 세 번 정도 하고 후두둑 퍼붓는 달빛에게 더러운 수건을 건네며 그렇게 살면 좋냐 그 모습이 슬퍼서 발랄한 목소리로 애원하겠지 사과가 죽이고 싶도록 미웠어요 어쩌면 우리의 이해할 수 없는 모든 시간들이 부끄러워 나는 도려냈던 가슴을 다시 찾아 붙일지도 몰라 그렇게 아무도 사랑하지 않는 밤이 발판에서 툭툭 떨어지고. 나를 두고 집으로 돌아가는 모든 초콜릿들에게 자유를 그러니 다음에 또 봐요 안녕 문장완성형으로 건네는 인사 다행스럽게도 싹 기억하지 못해 아름다운 이유는 *베이비아임쏘리* 너는 나를 사랑하지 않아
>
> ─시 〈사랑하지 않아〉 전문

이 시를 이해하기 위해서는 먼저 기울여 쓴 시어와 외래어

를 알아야 한다. 위의 시에서의 "인생의단맛"은 장소 이름이다. 혜화동에 있는 칵테일 바 상호라고 알고 있다. "한없이더러움에가까운블루"와 "애인의애인", "진토닉보다맛있는플라토닉"은 칵테일 이름이다. 그리고 "밀리웨이스"는 더글라스 애덤스의 소설《은하수를 여행하는 히치하이커를 위한 안내서》에 등장하는 식당으로 일명 "우주의 끝에 있는 레스토랑 (The Restaurant at the End of the Universe)"이다. 그리고 "베이비아임쏘리"는 그대로 영문일 수도 있지만, 어느 노래 가사일 수도 있다. 이는 시인의 상상력이 현실과 우주, 리얼리티와 판타지 세계의 경계를 허무는 거시적 상상력으로 이 시의 공간이 설정되었다고 볼 수 있다.

이쯤해서 이제 이 시를 다시 읽으면, '나'는 시인이고 '너'는 특정한 사람이다. 나를 사랑하지 않는 너이다. 시적 화자가 "우리 이제 제발 사랑하지 말자 맹세를 기록할 때"가 "여기가 바로 밀리웨이스"에서이다. 우주 끝에 있는 레스토랑에서이다. '인생의 단맛'을 이 공간으로 인식하고 있는 것이다. 이 또한 중의적 의미의 시어인데, 인생의 단맛을 느낄 때가 사랑의 끝이라는 인식을 할 때라는 의미로 함유한다.

그로 인해 나는 "우스꽝스러운 앞구르기", "후두둑 퍼붓는 달빛에게 더러운 수건을 건네며 그렇게 살면 좋냐 그 모습이 슬퍼서 발랄한 목소리로 애원하"기, "사과가 죽이"기, "어쩌면 우리의 이해할 수 없는 모든 시간들이 부끄러워" 가슴 도려내기, "도려냈던 가슴을 다시 찾아 붙일지도 몰라 그렇게 아무도 사랑하지 않는 밤이 발판에서 툭툭 떨어"질 때, "나를 두고 집으로 돌아가는 모든 초콜릿들에게 자유"주기, "다음에 또 봐요 안녕 문장완성형으로 건네는 인사"를 하는 것은 "너는 나를 사랑하지 않"는다는 인식 때문이다. 이러한 시적 화자의 인식은 모두 아이러니적이다. 자기비하, 언어트릭, 말장난 등 아니러니 표현구조의 모든 것들이 함유된 것으로 보아야 한다. 이를 통해 이 아이러니는 '너'가 '나'라는 아이덴티티를 가능하게 한다. '너'라는 것이 아이러니적인 '나'라는 의미이다.

이와 같은 맥락의 시는 〈너의 얼굴에서 가만히 손을 떼면〉에서도 발견할 수 있다. "달은 느릿느릿 부풀어 올랐다 골목 바닥이 가끔 반짝거렸다 숲은 어둡지 않았다 더욱 짙은 네가 있었다 너의 얼굴에 가만히 손을 대고 있으면 내가 거기 있음을 알았다"라는 시 구절과 "너의 얼굴에서 가만히 손을 떼면 비로소 내가 거기 없음을 알았다 달이 거뭇해졌다"에서 달이라는 '너'와 시적 자아가 하나 됨을 인식하게 된다.

그러나 "네가 두고 간 향초에 불을 켜면/물방울 떨어지는 소리가 들렸다/그 소리는 흔들리는 밤처럼/아슬아슬했다 불완전한 시간이/심지를 따라 흘러내리는 소리일까"라고 시작되는 시 〈네가 두고 간〉에서의 '너'는 '너의 향초'라는 은유적 시어로, 결말부분은 이렇게 마무리된다. "불을 켜면 물방울 떨어지는 소리가 나는/너의 향초는 이제 내 방 가득 향기가 되어/어디에서도 물방울을 들을 수 있게 되었다/어디에서도 비릿한 비밀이 출렁였고/어디에서도 나는 울었다"가 그것이다. 이러한 이미지의 연결고리는 '나의 울음'으로 끝이 마무리된다. 그래서 "언제부터 우리는 서로의 눈물이 되었을까"라는 시 구절이 가능하게 된다. 그럴 때 이 시에서의 '너'는 시적 자아가 아닌 타자의 향기이다. 시인이 아닌 특정한 어떤 존재이다. 울음의 단초가 되는 존재이다.

이와 같은 맥락의 또 다른 시는 시〈잘 지내니?〉이다. "길을 걷고 있을 때였다/어제와 다른 밤 어제와 같은 하루의 끝에서/너로부터 짧은 문자를 받았다//비가 올 것 같은 바람이 불어서 정말 좋아 너는 지금 뭐하니?"의 서두만 보아도 이 시에서의 '너'는 타자이다. 결말부분의 "모든 현상에는 원인이 있는 법이라는 너의 말은 맞았다"와 연결해서 읽을 때, 이 시에서의 '너'는 타자이지만 사람일 수도 있고, 사람이 아닌 다른 존재일 수도 있다. '비'일 수도 있고, 기후일 수도 있다.

이렇듯 이노나 시에서의 '너'는 특정한 존재일 수도 있고 시적 자아일 수도 있다. 특정한 사람일 수도 있고, 사람이 아닌 타자, 어떤 다른 존재일 수도 있다. 이러한 나의 독해시각은 오독일 수 있다. 이를 극소화하기 위해서는 '너'의 정체를 해석의 개연성을 축소하기 위해 일관성이 요청되지만 시어의 중의성이라는 점에서 시어 확대에 기여하게 되고 아이러니라는 표현구조의 효용성을 증폭시킨다. 하지만 시의 주제와 객체의 문제에서 이러한 논의는 지속될 것으로 보인다.

2. 시적 자아와 타자의 연결고리

일반적으로 시적 주체와 자아는 시인이다. 그러나 시에 있어서 시인이 아닌 타자가 주체가 되기도 하는데 그때의 경우 시의 서정적 자아는 타자에 이입되지만 시에서의 주체가 타자라 해도 그 타자는 시인의 비유된 시적 자아다. 상황에 따라서 시적 자아와 주체 그리고 비유된 타자가 동일하지 않아도 시 속에 함유된 내용이나 모티프는 시인이 선택한 것이기 때문에 시인의 정서와 인식이라 볼 수 있다.

예컨대 이노나 시에 있어서 표제시인 〈골목 끝 집〉의 주체는 '소녀'이고, 〈의도된 토끼〉에서의 주체는 '토끼'이다. 그리고 〈진화의 역설〉에서의 주체는 '작은 아이'이고, 〈매일매일 깨끗한〉에서의 주체는 '한 남자'이다.

골목 끝 집에 유쾌한 소녀가 살았어요 어느 날 저녁 친구들과 놀던 소녀는 집으로 돌아가야 할 시간이란 것을 알았답니다 친구들이 사라지고 있었거든요 소녀의 집은 친구들의 그림자 방향이어서 늘 쓸쓸한 마음이었는데 그날의 소녀는 자꾸 신났어요 해는 벌써 지려고 했지만 동네 오빠들이 재밌는 놀이를 하자고 했거든

요 그러나

철길 풀섶에서 하는 놀이는 너무 아프고 무서웠어요 소녀는 도망쳤어요 어딘지도 모를 곳을 향해 뛰느라 골목이 끝나지 않았어요 창문 없는 골목 벽을 따라 성큼성큼 따르는 오빠들의 발소리는 밤보다 짙었어요 골목 끝 집에는 아버지와 어머니와 오빠와 언니가 살았지만 아무도 피투성이 소녀를 알아채지 않았어요 다행이에요 그래서

계속 아무도 모르게 혼자 있기로 했어요 소녀는 자신의 키에 맞도록 천장에 나뭇조각을 덧대었어요 어머니와 아버지와 오빠와 언니를 위한 모서리를 만들었구요 거실 한가운데 작은 모닥불을 피웠어요 자신의 심장을 꺼내 작은 덫도 만들었지요 그런데 해와 달과 별이 아무렇지 않게 창문으로 들어왔고 바람이 자꾸 문을 흔들었어요 소녀는 단지 혼자 있고 싶을 뿐이었어요 머리카락으로 촘촘한 커튼을 만들었어요 그러는 동안

시간이 천장을 자꾸 낮췄어요 소녀는 골목 끝 집이 정말 좋았어요 그러나 소녀는 아직 어린 채였으므로 낮아진 천장에 맞게 자신의 머리를 잘라야 하는지 발목을 잘라야 하는지 알 수 없었답니다 그때 마침 무엇인가가 말했어요 나 같으면 발목을 자르겠어 그렇게

모든 것이 완벽해졌어요 골목 끝에 집이 있었어요 드나드는 사람은 없었어요 간혹 새가 날아들었다가 서둘러 나왔고 길고양이 몇몇이 들어갔다가 나오지 않았어요 그렇게 골목 입구에 세워진 길없음 표지가 낡아지는 동안 소녀는 오래오래 행복했답니다

—시 〈골목 끝 집〉 전문

위의 시 〈골목 끝 집〉은 한 편의 동화처럼 보이는 시이다.

시적 주체를 '골목 끝 집에 사는 소녀'로 설정하고, 출구가 없는 막다른 집에서 그 집과 맞추어 살아 행복해지는 소녀의 이야기를 글줄시(산문시)로 쓰고 있다. 이 시에서의 소녀가 시인이라는 근거는 뚜렷하지 않다. 그러나 이 '골목 끝 집에 사는 소녀'를 이 시에서 시인이 설정한 의도를 추증할 때 이 시의 주체인 소녀는 시인 자신이라 볼 수 있을 것이다. 시인의 상상력이 만들어낸 이야기 시이기 때문이다.

이 시는 줄글시로써 5행, 1연으로 구성된다. 이 시의 운율은 내재율과는 별개로 외형율로서의 미적 장치를 갖고 있는데, 그 구체적인 운율은 구어체에서 나오지만 긴 행의 끝에 '그러나' '그래서' '그러는 동안' 그리고 '그렇게'라는 연결어를 통해 획득하고 있다는 점이 우선 주목된다.

그러나 이 시의 요체는 '골목 끝 집'이다. 시인은 이 공간을 "친구들의 그림자 방향이어서 늘 쓸쓸한 마음"으로 인식되는 집이다. 그 집은 "계속 아무도 모르게 혼자 있기"에 좋은 집이고, "소녀는 자신의 키에 맞도록 천장에 나뭇조각을 덧"댄 집으로 가족을 위한 "모서리"의 집이고, "거실 한가운데 작은 모닥불을 피"운 집이며, "자신의 심장을 꺼내 작은 덫도 만"든 집이다. "그런데 해와 달과 별이 아무렇지 않게 창문으로 들어왔고 바람이 자꾸 문을 흔들었다". 그래서 "소녀는 단지 혼자 있고 싶"어 "머리카락으로 촘촘한 커튼을 만"든 집이다. 그러나 "시간이 천장을 자꾸 낮"추는 집이었지만, "소녀는 골목 끝 집이 정말 좋"다. "소녀는 아직 어린 채였으므로 낮아진 천장에 맞게 자신의 머리를 잘라야 하는지 발목을 잘라야 하는지 알 수 없"는 집이었다. 그러나 "그때 마침 무엇인가가 (…) 나 같으면 발목을 자르겠"다는 목소리를 들을 수 있는 집이기도 했다. "모든 것이 완벽해"진 골목 끝에 있는 집에는 "드나드는 사람은 없었"고, "간혹 새가 날아들었다가 서둘러 나왔고 길고양이 몇몇이 들어갔다가 나오지 않"는 집이다. 그러나 "그렇게 골목 입구에 세워진 길 없음 표지가 낡아지는 동안 소녀는 오래오래 행복"하게 살 수 있는 집이었다. 앞서 말한 바 있지만 이 집은 입구만 있고 출구가 없는 집이며 막다른 집이다. 통념적으로 행복할 수 없는 그 집을 시적 자아는 자신에게 맞추어 행복하게 살 수 있는 집으로 인식한다.

특히 "골목 입구에 세워진 길 없음 표지가 낡아지는 동안 소녀는 오래오래 행복"하게 살 수 있는 집이라는 은유적 표현이 주목된다. "길 없음 표지가 낡아지는 동안"에서의 '길 없음 표지'는 출구가 없는 길이라는 절망의 길이다. 그 표지는 절망의 선험적 인식이며, 절망에 대한 초탈을 의미하는 것으로 볼 수 있다. 처음부터 희망이 부재한 상황에서도 행복했다는 아이러니는 자조적 발상이라 주목된다.

이러한 맥락에서 살펴볼 수 있는 시는 〈진화의 역설〉이다. 이 시도 '작은 아이'의 이야기다. 〈골목 끝 집〉의 모티프가

'소녀의 집'이라면, 이 시는 '아이의 걸음'을 모티프로 한다.

> 작은 아이가 걸어간다 맨발이다 허벅지에서 태어난 아이는 그
> 렇게 될 운명이지만 닥치지 않은 것에 대해 가늠하지 않는 얼굴
> 무섭지 않은 걸음이다 습자지처럼 얇게 저민 허벅지 위로 붉은
> 장미가 피어난다 태어난 아이는 손아귀 힘이 충분해질 때부터 무
> 엇이든 얇게 저민다 시간을 저미고 감정을 저미고 의견을 저미고
> 사람을 저민다 저미는 일이 익숙해질 때 저며진 것들은 투명에
> 가깝다 여지없이 들여다보이는 안을 가지게 된다 성숙한 저밈은
> 스스로 모여 작은 꽃잎이다 케케묵은 노을처럼 바스러지는 것들
> 을 떼어내며 오래된 순서로 썩어간다 매번 얇아지는 허벅지 위로
> 수북이 쌓이는 꽃잎들은 지지 않고 흔들리지 않고 절망한다 어미
> 를 먹으며 두 번째 태어난 작은 아이가 걸어간다 용의주도하게
> 구축된 조화 속에 걸음은 비로소 완성된다
> ―시 〈진화의 역설〉 전문

이 시의 '작은 아이'는 맨발로 걷는 아이이고, "허벅지에서
태어난" 아이이다. 그러나 그 아이의 걸음은 운명을 예측하
지 않는 걸음이기 때문에 "무섭지 않은 걸음"이다. 아이가 태
어난 허벅지는 "붉은 장미가 피어"난 허벅지이다. "습자지처
럼 얇게 저민 허벅지 위로" 장미가 붉게 피어나고 그 "허벅지
에서 태어난 아이"는 맨발로 걷는다는 의미는 다분히 역설적
이고 반어적이다. 이 이미지에 대한 독해는 난해하기 때문에
다양하게 제시될 수 있다. 습자지처럼 얇게 저민 허벅지라는

이미지 때문이다. 특히 '저민'다는 의미가 함유하고 있는 폭력적이고 충격적인 이미지 때문이다. 이를 이해시키기 위해 시적 화자는 '저민다'에 대한 연상을 덧붙인다. "손아귀 힘이 충분해질 때부터 무엇이든 얇게 저"미는 아이들의 습성. 그 것을 시적 화자는 "시간을 저미고 감정을 저미고 의견을 저미고 사람을 저"미는 것으로 인식한다. 그리고 "저미는 일이 익숙해질 때 저며진 것들은 투명에 가깝다 여지없이 들여다보이는 안을 가지게 된다 성숙한 저밈은 스스로 모여 작은 꽃잎이다"이라는 은유적 표현으로 '저민다'는 언어에 대한 인식을 한다. 그러나 그 은유적 표현이 쉽게 이해되지 않는다.

'저미다'의 사전적 의미는 "①여러 개의 작은 조각으로 얇게 베어 내다. ②칼로 도려내듯이 쓰리고 아프게 하다. ③마음을 몹시 아프게 하다" 등이다. 이 사전적 의미에서 〈진화의 역설〉에서의 '저미다'는 시각적 이미지로는 ①에 해당되지만 '익숙한 저밈', "성숙한 저밈"은 ③의 아픈 마음을 의미하는 것으로 보면 될 것이다. 그로 인해 작은 아이는 "매번 얇아지는 허벅지 위로 수북이 쌓이는 꽃잎들은 지지 않고 흔들리지 않고 절망"하지만, "용의주도하게 구축된 조화 속에" 완성된 걸음을 걷는다는 것이다. 이것이 작은 아이의 '진화의 역설' '성장의 역설'이며 시적 자아의 역설인 것이다.

시 〈매일매일 깨끗한〉의 주체는 타자인 '한 남자'이다. 그러나 시적 자아는 그 뒤에서나, 내면에서 혹은 행간 속에 숨어 있기 마련이다.

옥상 위에서 한 남자를 보아요
아무것도 하지 않아요 그냥
서 있어요
그 너머를 보는 것도 같지만
낮이에요
한없이 투명한 그냥 그것뿐 어쩌면 전혀
다른 것이 섞이지 않아 어디에도 앉을 수 없는
정교한 흩날림일지도 몰라요 야금야금
추락은 엉거주춤 발밑에서만 뭉개지죠
간혹 다정한 바람이 손바닥을 간질이기도 하지만
그건 아주 위험해 보여요 두껍고 푹신한 기회는
오늘 아침 정성스럽게 개던 이불처럼
단정하지 않아요 아무리 늘려도
하늘이 너무 높아 자꾸 구부러지는 목을 알아요
안간힘을 쓸수록 자신의 턱이 심장을 치던 턱 턱
갈라지는 틈으로 새는 물거품을 알아요 그래서
그랬어요 옥상 위에서 보았어요
아무것도 하지 않았고 끝내 문을 여는
그림자를 보았어요 옥상 위에서 아무것도 하지 않는
빛 속으로 걸어 들어가는 그림자를 보았어요

아무것도 변하지 않았어요
　　　　　　　　　　　—시 〈매일매일 깨끗한〉 전문

시적 자아는 옥상 위 한 남자를 바라본다. 그 남자는 아무 것도 하지 않고 서서 그 너머를 바라본다. 그 '너머'는 이 시의 시간적 배경이 낮이라고 했으니까 '밤'일 수도 있다. 그러나 그가 바라보고 있는 그 너머는 "한없이 투명한 그냥 그것 뿐 어쩌면 전혀/다른 것이 섞이지 않아 어디에도 앉을 수 없는/정교한 흩날림일지도" 모른다고 인식한다. 여기에서 '투명한 그것', '다른 것이 섞이지 않은 정교한 흩날림'이 구체적으로 무엇인가에 궁금증을 갖게 된다. 그러나 그것은 추락과 위험과 단정하지 않은 물거품 혹은 그림자 같은 것임을 시적 자아는 한 남자를 통해서 사유한다. 시적 자아는 타자인 한 남자와 하나 되어 "아무것도 하지 않았고 끝내 문을 여는/그림자", "옥상 위에서 아무것도 하지 않는/빛 속으로 걸어 들어가는 그림자"를 본다. 그러나, 그렇지만 "아무것도 변하지 않"는다는 사실을 인식한다. 여기에서 '그림자'의 정체는 다른 시에서 밝혀야 할 것이다. 그러나 분명한 것은 옥상 서서 그 너머를 관조하는 한 남자를 통해 시적 자아는 "아무것도 하지 않았고 끝내 문을 여는/그림자", "옥상 위에서 아무것도 하지 않는/빛 속으로 걸어 들어가는 그림자"를 바라본다. 그림자는 "한없이 투명한" 것이고, 제목이 의미하는 바 "매일매일 깨끗한" 그 무엇이다. 이 점에서 '그림자'라는 이미지가 주목된다.

3. 그림자의 반어적 정체성

'그림자'의 이미지는 투명함과 깨끗함의 반대 개념의 것이다. 그림자의 사전적 의미는 "물체의 뒷면에 드리워지는 검은 그늘" 혹은 사람의 자취이다. 그러나 시적 의미는 상징적이고 은유적이고 개별적이다. 그렇다면 이노나의 시 〈그림자〉에서 시인은 어떻게 그림자를 인식하고 있는가를 살펴봐야 할 것이다.

어디에 있건 너는 밤보다 어두운 그림자를 가졌다 나무 모양이기도 했고 안개 모양이기도 했으며 아주 가끔 벽이었지만 대부분 무의미한 소리였으니 불쑥 튀어나오기도 하고 움켜쥘 수 없이 연약했다 어디서건 너는 보았지만 눈동자를 구분할 수 없었다 무엇을 보았을까

그림자는 밤이 깊을수록 빛났고 대낮엔 오히려 선명했다 그것이 무엇인지 너는 알고 있었다 깊은 밤보다 어두운 그림자가 다정히 눈을 뜨면 비밀은 드러나고 오해는 깊어질 때였다 너는 아무것도 하지 않았다 많은 약속들이 있었고 어떤 것은 그저 순간을 넘길 맹세에 불과했다

너는 언제부터인가 조금씩 찢어지는 소리를 들었다 너의 오른쪽과 왼쪽 그 어디에도 없다가 함부로 있었다 단순히 은닉하는 버릇일 뿐이라는 너의 저급한 변명은 낡고 더러워질 것이다 그리하여 너는 가만히 눈을 감는다 어디에도 그림자는 밤보다 어둡다

—시 〈그림자〉 전문

이 시에서 그림자는 "밤이 깊을수록 빛났고 대낮엔 오히려 선명"하다고 시적 자아는 인식한다. 그리고 "어디에도 그림자는 밤보다 어둡다"라고도, "깊은 밤보다 어두운 그림자가 다정히 눈을 뜨면 비밀은 드러"난다고 인식하기도 한다. 이는 시 〈매일매일 깨끗한〉에서의 "한없이 투명한 그냥 그것뿐"과 연결된다. 그림자를 숨김과 밝음의 대립적 개념으로 중의적으로 인식하고 있기 때문이다.

전반적인 흐름으로 볼 때, 이 시에서의 '너'는 시적 자아를 지칭하는 것으로 보아도 좋을 것이다. '너'를 그림자로 볼 때, '너'는 그림자의 속성으로 지니고 있는 그 무엇이 되기 때문이다. 그것은 그림자를 알고 있는 존재이기 때문이다. 한 사람의 경우, 통념적으로 그림자는 그 사람의 내면적인 다른 모습, 다시 말하면 밝은 모습 뒤에 숨겨진 어두운 면으로 인식하게 된다.

그러나 "깊은 밤보다 어두운 그림자가 다정히 눈을 뜨면 비밀은 드러나고 오해는 깊어질 때", "너는 아무것도 하지 않았다 많은 약속들이 있었고 어떤 것은 그저 순간을 넘길 맹세에 불과했다"라는 구절을 보면, '너'는 타자일 수 있다. 특정한 한 사람이다. '약속'과 '맹세'라는 키워드 때문이다. 그러나 그 다음 시 구절, "너는 언제부터인가 조금씩 찢어지는 소리를 들었다 너의 오른쪽과 왼쪽 그 어디에도 없다가 함부로 있었다 단순히 은닉하는 버릇일 뿐이라는 너의 저급한 변명은 낡고 더러워질 것이다 그리하여 너는 가만히 눈을 감는다 어디에도 그림자는 밤보다 어둡다"라는 이 시의 결말부분을 보면 '너'는 시적 자아의 다른 존재이다. 이를 인정할 때 이 시에서의 '그림자'는 시적 자아의 다른 형태의 존재이다.

시 〈메리고라운드merry—go—round〉는 소녀시대의 노래 제목일 수 있고 어느 카페의 이름일 수도 있다. 아니면 글자 그대로 놀이터의 회전목마일지도 모른다. 그러나 이 시에서 주목되는 부분은 첫 행의 "뒤를 훔쳐볼 때 너를 덮치는 것은 네 그림자이리니"와 마지막 행인 "해를 등지고 나를 안는다 없었던 너는 내 그림자 모양으로 서 있었다/끔찍하게도"이다. 이 시에서의 '너'를 시적 자아의 다른 모습이라 할 때, 이 시에서 그림자는 시행 "감당은 너의 제일 약한 곳에서부터 시작되리니"와 "희망은 그저 희망일 뿐 나는 계속 어제였고 밀어냈던 것들이 다시 돌아왔다" 등과 유기적인 연결된 시행을 통해 '절망' 혹은 '슬픔'으로 인식할 수 있다.

①새벽에 잠깐 새가 우는 소리를 들었지만 약속이 아직 오지 않았으므로 그냥 잠 속이에요 나와 당신은 몇 시에 일어날지 서로 얘기하지 않은 채 깊은 잠을 잤어요 나는 높은 굴뚝을 지어요 어제와 오늘이 뒤엉켜 돌아났어요 그들이 낳은 꿈과 새와 **그림자와 그림자, 같은 말들**은 안개처럼 어디에서도 무성해요 그렇게 나의 엉성한 이야기들은 촘촘하게 엮어져요 그러나 자주 벌어지는 틈새 꽉 쥔 주먹이 한동안 펴지지 않아요 굴뚝 아래로 그어엉

바람이 울며 지나가요 무언가 뜨겁고도 축축한 것이 도통 마르지 않는 손이에요 그렇게 아직 우리가 되지 못한 나와 당신은 나란히 누워 각각 꿈을 꾸거나 꾸지 않아요 평안한 나날이었고 어떤 일도 일어나지 않아요

—시 〈물끄러미〉 전문

②시간을 세었다 하나의 계절 위로/먼지가 쌓이고 빗물이 쌓이고 그렇게/다른 계절이 겹치면 우리는 건너뛸 수 없는/거리로까지 멀어져 서로를 향해 사랑한다/외칠 수 있을까를 세었다 조금씩 다른 얼굴이 되어/만날 때마다 손을 잡는 일이 어색해지는 순간을/견딜 수 있을까를 세었다 계속 세다가 배가 고팠다/냉장고 문을 열어 놓고 사과를 베어 물다가/등 뒤로 스치는 바람을 알 수 있었다 뜨겁고도 축축한/공포와 불신, 냉소와 혐오로 이루어진 前兆/그것은 너의 의지가 아니야 누군가 내게 속삭였다/뒤돌아보지 않았다/벽 안에서 단조로운 리듬의 딸각거림이 끊임없이 울렸고/**그림자를 만들 정도로 단단해진 바람**이 방 가득 차올랐다/시계가 멈추고 멈춘 시계에서 시간이 튀어나와 춤을 추었다/덜그럭덜그럭 나는 엉망으로 도망치는 시간을 붙잡으려/**그림자가 된 바람**을 헤쳐 보았지만 이미 부서진 손가락/어떤 것도 할 수 없었다 단지 우리가 서로 사랑했던 그/순간들이 울음처럼 터져 나올 뿐이었다 붉은 자물쇠 위에 적었던/우리의 이름은 퇴색되지 않을 것이니 이미 시간은 무의미하므로/불가산 명사만으로 존재하게 되었다 모든 것이 제 자리를 찾는 동안

—시 〈무아〉 전문

(*굵은 글자는 필자가 표시함)

위의 시 〈물끄러미〉와 〈무아〉의 시 제목은 관조와 적멸 차원에서 동의어同義語이다. 이 두 키워드의 동질성은 하심下心, 마음 내려놓기, 말 없음과 나 없음이다. 욕망이나 욕심 같은 마음 없이 바라보는 그윽함이다. 그 의미를 표상하는 이미지로 ①에서는 "그림자와 그림자, 같은 말들"로, ②에서는 방가득 찬 "그림자를 만들 정도로 단단해진 바람"과 "그림자가 된 바람"으로 표현한다. ①의 그림자는 허언, 무언, 침묵의 정체를 의미하지만, 높은 굴뚝이 낳은 "꿈과 새와 그림자와 그림자, 같은 말들"의 "평안한 나날"을 꿈꾼다. 그리고 ②의 그림자는 정지된, 정체된 그 무엇이고 시간들이다. 정지된 시간, 정체된 시간을 시인은 무아경으로 인식하고, "우리가 서로 사랑했던 그 /순간들이 울음처럼 터져 나"오는 것을 꿈꾼다.

4. 집, 복도, 벽, 계단, 골목 공간 인식

시의 공간적 배경은 시인의 사유의 집이다. 시간적 배경은 시의 운율을 만들지만 시의 공간적 배경은 이미지를 통해 시의 모티프를 구축한다. 이노나 시에서 간과할 수 없게 만드는 공간 언어는 '복도', '문', '계단' '벽' 등이다. 이들을 유기적으로 연결시키는 언어는 집이라는 공간이다. 그렇다면 이노나 시인은 이들의 공간 인식을 어떻게 하고 있는가를 살펴 그의 의식공간을 엿보자.

문을 열면 복도 가득 무엇인가 썩는 냄새가 났다

당신은 어디서 울고 있나요 당신이 죽인 아버지가 돌아오고 있어요 과거는 운명을 결정하고 도망쳤죠 그때 동굴 속에 웅크렸던 우물은 겨울 뒤로 겨울과 겨울을 데리고 왔지만 이제 완전히 새로운 겨울이 되었어요 뿌리는 손톱을 자르며 태양 아래 성큼성큼 걸어와요 당신이 기다렸던 바퀴의 심장은 처음부터 없었으니 안심하고 숨을 쉬어요 당장 우리의 손목을 묶으며 다가오는 실마리들에게 잠시 부드러운 마음을 주어요 어둠은 우리의 등 뒤에 새겨진 문신 같은 것이어서 돌아볼수록 수치라는 이름의 얼굴로 부풀거든요 실수로 태어난 당신은 제때 손을 뻗지 못했을 뿐이라는 변명이에요 모자와 망토로도 가려질 수 없는 혼잣말 어디에도 있는 눈동자 속의 죽음 아니라면 그 죽음 뒤에 뒤따르는 부활 속 당신, 당신은 어디에서 울고 있나요

등 뒤로 닫히는 소리를 들었다
복도 끝이 너무 어둡다

—시 〈스위치〉 전문

이 시 〈스위치〉에서도 '당신'을 시적 화자로 보자. 그렇다고 할 때, 문을 열면 썩는 냄새가 나는 복도. 그 공간 어디에선가 '당신'은 울고 있다. "겨울 뒤로 겨울과 겨울을 데리고

왔지만 이제 완전히 새로운 겨울이" 된 동굴 속 우물. 그 복도와 등가치로 보이는 동굴 속 우물이라는 공간에서 시적 화자는 수치라는 문신을 한 어둠과 변명과 혼잣말과 '눈동자 속의 죽음' 혹은 "그 죽음 뒤에 뒤따르는 부활"을 사유하며 보이지 않게 울고 있다. 손톱을 자른 뿌리, 성큼 걸어오는 태양, 수레바퀴, "우리의 손목을 묶으며 다가오는 실마리"들의 이미지들이 유기적으로 이해되지만 시적 화자와 동격인 '당신'은 동굴과도 같은 썩는 냄새가 나는 복도 끝 어딘가에서 울고 있다. 그리고 그곳은 어둡다. 등 뒤에서는 문 닫히는 소리 들리는데 불을 켜야 할 스위치가 없다. 햇빛 들어오는 구멍도 없고, 출구도 없다. 무엇인가 썩는 냄새만 깔려 있다. 따라서 시 〈스위치〉의 공간은 어둡고 썩는 냄새만 있을 뿐이다. 겨울이 지나고 또 겨울이 또 다른 겨울과 겨울을 데리고 왔는데도 절망뿐이다. 절대절망의 공간이다.

그래서 시적 화자는 "누군가 우는 쪽 벽에 어깨를 기댄다"고 한다. 이렇게 시작하는 시가 〈가장자리부터 마르기 시작할 거예요〉이다.

누군가 우는 쪽 벽에 어깨를 기댄다

너를 남겨두고 걸었던 길이 있었다
오래도록 찬란했던 것은 비린내였다
마르지 않을 시간이 뒤척이는 소리였다

문이 거칠게 닫히고 누군가 떠난다.

한 계절이 끝날 때마다 심해지는 비린내를 두고
이 세상은 원래 바다여서 그래요 너는 우겼다
그리고 웃었나 웃었을 것이다 자꾸 추웠다

돌아오지 않을 것이다

그렇게 되기로 한 것에 대해 아무 말도 하지 않는 것이 맞아요
모든 것이 제자리를 찾아 들어가는 시간이잖아요
가장자리부터 마르기 시작할 거예요

너의 말을 들으며 나는 웃었을 것이다
습해진 웃음이 결을 거스르며 찢어졌을 것이다

끝없이 묵중한 계절이다
누군가 우는 벽 쪽으로 기댄 어깨가
축축하다
　　　　　　—시 〈가장자리부터 마르기 시작할 거예요〉 전문

　시 〈가장자리부터 마르기 시작할 거예요〉의 공간은 벽이
다. "누군가 우는 쪽 벽"이다. 축축한 벽이다. "문이 거칠게
닫히고 누군가 떠나간" 벽이다. 한때는 "끝없이 묵중한 계
절", "마르지 않은 시간이 뒤척이는 소리"가 들릴 때, "너를
남겨두고 걸었던 길"이었다. 비린내가 찬란했던 길이었다.

"한 계절이 끝날 때마다" 비린내가 나는 원래의 바다였다고 우기면서 웃었던 공간이었다. 그러나 그곳은 추웠다. 그런데 "문이 거칠게 닫히고 누군가 떠"나갈 때 그 벽은 그렇게 될 수밖에 없었던 것처럼, 제자리로 돌아올 시간이 된 것처럼 "가장자리부터 마르기 시작"했다. 그렇게 말하는 너의 말에 시적 화자인 '나'는 웃었을 것이고, 그 "습해진 웃음은 결을 거스르며 찢어졌을 것이다". 어깨를 기댄 누군가 우는 쪽 벽은.

어떤 때에는 시적 화자가 구어체로 자신의 한 일상을 이야기 한다. "너를 만나지 않기로 한 날 저녁/나는 아무 계단 어디쯤 앉아/바람이 흩어 놓은 무지개의/제비꽃을 생각했어/지우고 싶지 않은 순간들은 /무심히 흘러갔고 너는 /다른 시간 위에서 재채기나 하며/웃거나 밥을 먹거나 잠들겠지/조금은 쓸쓸하지만 다행이야/비와 바람과 햇살과 의자들/가볍게 흔들리는 너를 /만나지 않기로 한 /마흔일곱 번째 혹은 다시 첫 번째 저녁이/기막히도록 천천히 지나고 /어떻게든 숨겨지지 않을 숨결과 /그림자들에 대해 나는 /그냥 그대로 두기로 해"(시 〈그대로 두다〉 전문)라고 자위한다. 관조와 관망하는 자세로 마음을 내려놓는다.

그러다가 시적 화자는 가끔 복도를 걸어 외출한다. 시 〈요즘 외출〉이다.

소리 나지 않게 걸었다 복도는 조용했다 807호 문 앞에 놓인 10킬로그램짜리 쌀이 며칠째 그대로다 승강기는 고장이었다 좁은 비상계단을 한 칸씩 내려설 때마다 터엉터엉 소리가 울렸다 빈 냉장고 냄새가 났다 우편함에 꽂힌 책의 표지는 계절마다 바뀌었는데 누군가의 이름을 불러 주는 일은 끊임없이 그를 살려내는 일이다 작은 글자였다 많은 이름들이 흘러갔지만 잡을 수 없었다 겨울이 쏟아졌고 텅 빈 문장들이 허물어졌다 바람이 불었다 내 몸에서 나는 냄새를 내가 맡을 수 있게 되었다 골목 끝에서 세명의 여자가 큰 여행용 가방을 끌며 다가왔다 아무도 말을 하지 않았지만 하나의 챕터가 끝나가는 것을 모두 알고 있는 오른쪽 눈이었다 편의점이 자꾸 멀어졌다 드디어 배가 고프지 않게 되었다

—시 〈요즘 외출〉 전문

이 시의 화자는 '나'이다. 그러나 '나'의 관찰 대상은 '그'와 세 명의 여자이다. '나'의 거주 공간의 복도는 조용하다. 807호 문 앞에는 며칠 채 10킬로그램짜리 쌀이 방치되어 있다. 승강기는 고장이고 비상계단은 내려설 때마다 터엉터엉 소리를 낸다. 우편함에는 계간지가 꽂혀 있고 계절에 한 번 '그'의 이름이 불려진다. 쏟아지는 겨울. 허물어지는 텅 빈 문장. 부는 바람에 나는 내 냄새를 맡을 수 있게 된다. 골목 끝에서 큰 여행용 가방을 끌며 다가오는 세 명의 여자. 이 모두 한 챕터가 끝나가는 것을 알지만 그 사실을 말하지 않는다. 편의점은 멀어져 가고, '나'는 드디어 배가 고프지 않다. 요즘

116

'나'의 외출은 이것으로 끝난다. 이 모든 상황은 아이러니하다. 시적 화자는 골목이라는 공간으로 외출을 하였지만 그 골목은 어디에도 없고 그저 복도에 머물러 있는 느낌이 들게 한다. 그것이 시적 화자의 요즘 외출이다.

이렇듯 이노나의 시적 공간은 막다른 복도, 벽, 계단, 골목이며 비상구가 없는 공간이다. 죽음의 정적만이 흐르고, 습하고 어두운 공간이며 배고픈 공간이다. 물론 이런 공간이 아이러니적인 개념을 함유하고 있지만 시적 화자가 느끼는 공간은 정체된 공간이고 죽어 있는 공간이며 침묵의 공간이다. 그것이 어쩌면 시인의 마음이기 때문일 수도 있다. 그것이 '골목 끝 집'의 마음이기 때문이기도 하다.

이노나의 두 번째 시집《골목 끝 집》의 모티프는 '골목' '집'이라는 공간과 '끝'이라는 단어가 보여주듯 출구 없는 공간에 대한 인식이다. 그곳에서 시인은 작은 아이가 되고, 소녀가 되며 그 무엇도 된다. 그러나 그 존재는 '그림자'일 뿐이다. 정체된 시간 속의 존재일 뿐이다. 절망적인 존재일 뿐이다. '우리'라 명명되어지는 관계는 "서로 사랑했던 그 순간들이 울음처럼 터져 나오는" 존재일 뿐이다. "햇살이 흔들릴 만큼 바람이 몹시 불어 휘청이지만, 무엇도 머무르지 않는" 공간에서 간신히 숨을 쉬고 있는 아이러니한 자아만 있을 뿐이다. 그곳으로부터 탈출하기 위해서 그는 투명한 존재이기를 원한다. 그래서 그의 시는 슬프다.

이노나 시집

골목 끝 집

인쇄 2021년 11월 01일
발행 2021년 11월 15일

지은이 이노나
발행인 이노나
펴낸곳 인문엠앤비
주소 서울특별시 종로구 북촌로4길 19, 404호(계동, 신영빌딩)
전화 010-8208-6513
이메일 inmoonmnb@hanmail.net
출판등록 제2020-000076호

저자와 협의, 인지는 생략합니다.
잘못된 책은 바꿔 드립니다.

ISBN 979-11-91478-05-1 04810
      979-11-971014-6-5 세트

값 10,000원